COLLECTION FOLIO

Denis Tillinac

Les masques de l'éphémère

Gallimard

— mort en 2020

Né en 1947 à Paris, Denis Tillinac est écrivain, journaliste, éditeur. Il a publié des romans, des récits et des essais.

Les masques de l'éphémère a reçu le prix Paul Léautaud en 1999.

Pour Gérard Prunier, à
qui ce livre doit beaucoup.

«Je me suis retrouvé entre deux siècles comme au confluent de deux fleuves; j'ai plongé dans leurs eaux troubles, m'éloignant à regret du vieux rivage où j'étais né, nageant avec espérance vers une rive inconnue.»

CHATEAUBRIAND.

Une certitude peu rassurante traverse ce livre : le monde qui m'a été légué n'a plus d'avenir. Nos croyances, nos sentiments, la source même de nos désirs sont entachés de désuétude. L'humanité déserte le champ des civilisations et ce phénomène n'est pas réversible. Le penseur, l'artiste, le politique ne sont que les gardiens plus ou moins somnolents du musée des cultures. Une fatalité nauséeuse nous traîne Dieu sait où. Dieu ou le Diable. Ou personne. Elle nous condamne à une errance dans l'éphémère en affublant de masques variables la soumission qui règne dans les esprits.

Un gros mensonge occulte ce désastre en nous laissant croire à des compromis entre l'ancien et le nouveau, les identités sursitaires et la modernité qui les anéantit. J'ai voulu dissiper cette illusion en chroniquant l'irrémédiable au fil de quelques balades, avec des replis méditatifs autour d'un clocher de village qui a vu passer l'Histoire et ne la reverra plus. C'est un livre d'adieux en forme de digressions reliées par le fil de la mélancolie. Il s'en faudrait de peu qu'elle ne tourne à la désespérance ; grâce au ciel, un canton de ma nature m'incline à voir la vie en rose, même quand le ciel est au plus gris.

Il n'y a plus d'après...

Aube noyée dans la brume. Ciel incertain : du bleu séraphique, du blanc crémeux teinté de rose par un soleil encore voilé. Nuages cendrés venus du fleuve.

Les oiseaux chantent. Je reconnais entre les trilles le solo d'un coucou. Quelle allégresse ! Du moins interprété-je ainsi ce qui est peut-être un appel pathétique.

Taches roses des pivoines sur l'herbe mouillée. Roses mauves sous le cerisier. Bleu sombre des jacinthes, blanc cassé des pétales de marguerites dont le cœur jaune est presque indiscernable.

Le soleil perce entre les nuages. Il dore la brume et dévoile des formes de bovins sur le pré qui descend vers l'étang. Une ligne de crêtes se profile à l'horizon.

C'est un instant de grâce. Une succession, un précipité d'instants qui lèvent dans le cœur l'espérance vague d'une aube éternelle. J'écris pour conjurer sa fuite dans le temps. Aucun instant ne dure. Aucun n'existe à proprement parler, c'est un leurre de la conscience que d'en présumer l'unité. Est-ce un autre leurre de se croire évadé du temps quand advient le miracle d'un émerveillement ? Mystère. Toute volupté recèle une douleur, parce qu'elle n'a pas d'issue et surtout parce qu'elle est solitaire. Le sentiment de la plénitude est une luciole dans les ténèbres du néant. J'écris ce qui me noie le cœur, ou l'embrase, pour signifier au néant qu'il n'aura pas le dernier mot mais le choix de l'arme n'est peut-être pas le bon.

Le soleil monte dans le ciel. Sept heures sonnent au clocher du village. L'aube s'enfuit, le dessin des feuilles accuse ses traits. Aucun décor n'est immobile. Ce printemps ne durera pas. Déjà le blanc du seringa se fane ; celui de l'aubépine est un souvenir de prémices défuntes. Les verts ont perdu leur tendre suavité, les primevères sont mortes. Déjà le chancre de la nostalgie au creux de l'espérance. Je rêve à fonds perdus d'un monde qui s'en serait tenu au prologue ; or, il s'évertue à bâcler des conclusions.

Ces aubes qui me faussent compagnie sont l'allégorie d'une dépossession sans équivalent dans les temps historiques. Nous habitons les ruines d'un monde révolu et nous portons les deuils de tous ses héritages. J'écris pour signifier aux civilisations défuntes ma gratitude éplorée. Rien ne survivra des architectures mentales dont les vestiges nous émeuvent encore mais n'ont plus le pouvoir d'armer nos illusions. On sait depuis Freud les accointances du deuil et de la mélancolie. J'écris dans une mélancolie sans fond la chronique de l'irréparable. Elle indisposera ceux qui tiennent le monde « moderne » pour un prolongement des autres. On aimerait croire qu'au prix de métamorphoses l'ancien continuera de célébrer avec le nouveau ses noces d'antan. Cette crédulité n'est plus de mise : l'homme s'embarque sans boussole, sur un esquif qui prend l'eau, vers un rivage dont l'existence même est douteuse.

Chaque jour je passe devant le cimetière où reposent tels de mes ancêtres. Bientôt je les y rejoindrai. C'est comme si j'y étais déjà. J'ordonne mes obsèques par anticipation, avec l'impression grisante de prendre le temps de vitesse. Je m'amuse à deviner ceux qui ne pleureront que d'un œil. Si je n'avais que ce deuil à porter, comme il serait léger !

Le sentiment de ma précarité a peut-être favorisé ma vocation d'écrivain. Souvent j'ai l'impression d'écrire d'outre-tombe et de vivre à titre posthume. C'est une position inexpugnable, et qui exonère de tant de pesanteurs. À l'aune d'un cercueil, aucun tracas ne pèse lourd. Ce « moi » de fortune, ce « moi » de passage, aura le sort des papillons qui divaguent entre les arbres.

Un printemps l'a fait éclore, un automne le mettra en bière. Paix à ses cendres prochaines. Le hasard l'a posé ici. Il pourrait être ailleurs. Il pourrait ne pas être. Il pourrait être un autre. Je le vois comme un autre. Son unité est à la fois patente et fallacieuse. La théologie chrétienne lui concède un statut de personne : une âme emballée dans un corps. Descartes l'honore d'une primauté équivoque. Soit. Reclus dans une sorte d'unité biologique, mes éclats de conscience ont tissé sur la trame du temps une sorte d'identité. Moi, ici, couchant sur du papier des émois comme à tous les âges de ma vie depuis l'adolescence. Moi d'autant plus conscient de soi que le même clocher égrène les heures avec la même sonorité cristalline. Il a carillonné mes spleens, il enchâsse à présent chaque volupté dans un écrin de réminiscences. L'unité de lieu laisse au temps moins de prise pour bouler ces échafaudages par quoi un « moi » évanescent tâche de se faire une âme.

Mais ce moi écartelé entre le ça et le surmoi accueille des émotions plus innombrables que l'addition de ses souvenirs. Il me déborde, il me surpasse ; il vit ses vies en marge de la mienne. Qui ne s'est senti, sous l'empire d'une illumination, ailleurs dans le temps, ailleurs dans l'espace ? À l'étroit dans sa gaine de peau ? À côté de son existence ? Moins contemporain que les apparences ne le laissent accroire ? Plus complice d'un autre moi que du sien propre ? Le sentiment de ma disparité a contribué aussi a m'enrôler dans la confrérie des gâcheurs d'encre. Trop profus, trop confus pour être assignable. Écrire, c'est récuser le simplisme d'une carte d'identité. Je ne suis pas la somme de mes déterminations. Pas seulement. Pas foncièrement. Entre la liberté qui me fait de l'œil et l'identité qui me tient au collet, il y a cette confluence poétique où se noue notre destin. Dans l'intimité de ses alchimies langagières, l'écrivain échappe aux réductions : à peine éclose, la pensée accueille ses contraires et s'épanouit dans la pluralité de ses hétérodoxies. Nous sommes les jouets de nos ambivalences, les apostats de nos dogmatismes ; un orchestre à mille cordes qui cacophonise une partition indéchiffrable — et s'il advient parfois le miracle d'une harmonie, elle nous éberlue. « Moi » est toujours un autre. Plusieurs autres. Tant d'autres errant sur tant de planètes, et les étiquettes scotchées sur notre dos ajoutent à ce désordre une injustice blessante. Ce « moi » funambulesque, les miroirs d'autrui le congèlent et le caricaturent. On croit s'être rejoint par la grâce d'un émerveillement, on se regarde dans *leur* glace et on y voit une trogne à la Bacon, inconnue au régiment de nos autoportraits. Dieu sait pourtant s'ils sont nombreux et dissemblables.

Ce « moi » infime qui vacille dans la brume de ses altérités picore de la poésie sur le givre des instants avec les mots de sa tribu et de son siècle. Mais c'est un langage d'emprunt ; ses royaumes ne sont pas de ce monde. J'écris pour les reconquérir contre les coalitions de l'oubli. Oui, j'écris comme on respire pour assembler en poésie les lambeaux d'un « moi » de rapine qui nomadise — comment dire ? — dans une annexe de l'éternité.

Chaque jour je passe devant les maisons du village et je revois les gens qui habitaient là avant d'aller au cimetière. J'ai assisté à plus d'enterrements qu'il ne reste de survivants. Paradoxalement, les obsèques offrent l'illusion d'une permanence car le cérémonial a peu changé depuis mon enfance. On se rend chez le mort, on le voit dans son lit. Il ressemble comme un faux frère à celui qu'on a connu. On le retrouve à l'église sous un catafalque encadré de cierges dont la vue enclenche un sentiment familier de tristesse plus ou moins grave, plus ou moins suave, que le *Dies irae* tire vers le sublime.

À la fin de la messe, le prêtre agite l'encensoir en tournant autour du catafalque ; après quoi le cortège monte à pied au cimetière, précédé d'un sacristain armé d'un crucifix et de deux draps noirs tenus aux quatre coins par les proches du défunt. La plupart des hommes ont attendu la fin de l'office sous le porche ou dans le bistrot en face, par tradition anticléricale.

En queue de cortège, on cause à haute voix ;

au milieu, on murmure ; en tête, on étouffe des sanglots. « On est bien peu de chose » : ce constat laconique revient dans les propos. Variante : « On est bien vite parti. »

Dont acte. Les familles écoutent l'ultime prière devant leur propre tombe, coutume relevée par Malraux dans son discours pour le transfert des cendres de Jean Moulin au Panthéon (« ... la nuit qui se retirait comme la mer laissa paraître les femmes noires de Corrèze, immobiles du haut en bas de la montagne, et attendant en silence, chacune sur la tombe des siens, l'ensevelissement des morts français »).

Puis on jette une poignée de terre sur le cercueil en lorgnant subrepticement la béance et on revient vers le bourg en saluant des cousins qu'on ne voit guère que dans ces occurrences. On trouve qu'ils n'ont pas rajeuni ; ils en ont autant à notre service.

Lorsque j'étais enfant de chœur, la famille nous gratifiait d'une pièce de monnaie. Le même usage prévalait lors des mariages, il a financé un nombre incalculable de carambars. Les enfants de chœur ont disparu et les noces se font aussi rares que les baptêmes car la démographie n'est pas reluisante sur le Massif central. Restent les enterrements, séquences appréciables d'une sociabilité qui n'a plus que ce grain noir à moudre.

Les expatriés reviennent mourir au terrier ; ou tout au moins ils ont prévu qu'on les y reconduise. D'où ces inconnus immatriculés dans un département étranger qu'on croise à la Toussaint, devant une tombe, un pot de chrysanthèmes sous le bras. Ils ne sont plus d'ici mais ils ont des « attaches ». On croit les reconnaître, on finit par les identifier vaguement, on leur serre la main. Des souvenirs affleurent, trop imprécis, trop lointains pour justifier l'échange d'un numéro de téléphone. « Si tu passes à Beauvais... » On ne passe jamais à Beauvais. Si le hasard nous y amenait, on n'irait pas les voir et cependant il nous semble que ces retrouvailles si brèves ne sont pas anodines, elles nous mutilent en quelque façon.

Il a fallu agrandir le cimetière où la tombe nouvelle pousse comme du chiendent. La mort a encore l'avenir devant soi. Signe des temps : le périmètre ancien est une forêt de croix ; sur le nouveau on voit des stèles de marbre, abstraites et en plan incliné. Double déficit de symbolique chrétienne et de verticalité.

Quatre générations dorment dans cet enclos ceint de quatre murs et adossé à un bois de bouleaux. Avant, les cimetières entouraient les églises, les enfants et les chats jouaient sur les morts qui pendant des siècles furent jetés dans les fosses communes. La IIIe République a déquillé la croix plantée au milieu de chaque cimetière avant d'expédier les morts aux confins des bourgs à la fin du siècle dernier et d'instituer leur culte en le soustrayant aux curés. Seuls les vieillards se souviennent d'en avoir entendu parler. Antérieur à la séparation de l'Église et de l'État, le transfert a provoqué des traumatismes considérables. Dans les villes, on a expatrié les cadavres un siècle plus tôt. La relation avec la mort est devenue moins familière et plus cérémonieuse. On l'a évacuée hors les murs, dans des murs, comme on avait évacué — au XVIIe siècle, selon Foucault — les fous hors la cité afin de rester entre vivants raisonnables.

Ici, dans ce village du vieil Occident, les morts ne sont pas occultés. Pas encore. Pas complètement. Certains trépassent dans la chambre où ils sont nés. Ça relativise le périple extra-utérin : une parenthèse se referme, le gisant a cessé de vagir après avoir pris quelques centimètres et remué un peu de vent.

Presque tous ont vu, de leurs yeux, l'endroit précis où leur cercueil s'empilera sur celui du père, du frère, de l'époux. Ils connaissent l'épilogue. Ils s'y voient assez distinctement. Pour un peu ils y seraient déjà. Un rien les y précipitera. Rien n'a la même importance quand on a répété la scène finale : la messe en noir, l'encens, le cortège, le trou. On sait que le temps filera sa quenouille, comme avant, comme après ; les stances de son récitatif inspirent ni plus ni moins de perplexité que les avatars de la météorologie. La vie ne dure pas mais la mort non plus : pour les ruraux, sous toutes les latitudes, l'Être des philosophes ne cesse de se refaire une santé. Saint Augustin avait raison, et Kant après lui, et Bergson : le temps n'est qu'une vue de l'esprit, une dilatation de l'âme, une arche de chimère entre le souvenir et l'attente. Il y a du mouvement, voilà tout ; ça bouge autour de nous, ça fait vibrer les « moi », ça les gorge, ça les vide. Les aubes qu'on voit poindre en frémissant de joie sont aussitôt crépusculaires. Rien n'existe « pour de vrai », comme disent les enfants, hors une conscience d'exister sujette à caution, à éclipses, à variations aussi au gré des atomes qui se disputent le contrôle de ces « moi » brinquebalants.

Les amis citadins à qui je demande où ils seront inhumés l'ignorent et n'en ont cure. N'importe où. L'incinération les tente : c'est plus hygiénique. Plus écologique. Néant pour néant, autant abolir la dépouille. Chaque année, lorsque revient le jour des Morts que l'on confond avec la Toussaint, les journaux produisent des statistiques qui confirment l'augmentation du pourcentage des incinérés. C'est un reniement de Jérusalem, d'Athènes, de Rome et de l'ère chrétienne, une dérive vers l'impersonnel asiatique. Elle annonce une manière de panthéisme profane qui cantonnera l'invisible dans les limites du cosmos et divinisera le « réel » à proportion. On observera que le bouddhisme et l'hindouisme, tels que prêchés en Occident, invitent à la soumission au « réel », ce qui n'est pas pour déplaire aux tenants de l'ordre établi. À quoi bon chambouler le destin des êtres, donc l'agencement des sociétés : à chacun son karma puisque chacun n'est que la réfraction d'un grand Tout immobile.

L'inhumation avait à voir avec l'espérance d'une résurrection et la tombe prolongeait la maison de famille. Le fait est qu'on espère de moins en moins la survie de son âme, et que le sens des filiations se perd. Le moi a tourné à l'ego, comme le vin au vinaigre. Embastillé dans cet ego mobile, l'individu ne se perçoit plus comme le maillon d'une chaîne, le prénom d'une généalogie, la séquence d'une narration. Il veut exister en soi et pour soi. Il aspire à « être bien dans sa peau », selon la formule en usage, qui en dit long sur la revendication de sa finitude. Mécaniquement bien dans sa peau comme un moteur dans sa carrosserie — et le dysfonctionnement éventuel est passible d'une réparation. Le psy, l'anxiolytique, le yoga, la diététique, le fitness, la thalasso, le Club Med : autant de garagistes commis à la remise en état. S'ils échouent, le suicide pulvérisera la machine incurable, comme on concasse les véhicules impossibles à réparer. On se suicide volontiers dans les pays riches, à l'âge où les ego tâtonnent dans le flou. On boulimise, on anorexise, on onanise, on hédonise, on esthétise autour de son ego, forcément meurtri par le monde extérieur, faute d'accéder à la salvation de l'altérité.

Le notaire du pays constate que les maisons héritées se vendent plus souvent qu'on ne les garde : autre signe d'un reflux de l'inscription, géographique en l'occurrence. On achète un lieu de résidence ou de villégiature. On le revend si la vie nous emmène ailleurs. On attend les vieux jours pour songer à l'achat d'une concession dont la « perpétuité » ne traduit plus le désir d'un ancrage symbolique dans le commerce d'une ascendance. Elle annonce plutôt l'échéance d'une dissolution dans le giron d'un Être indéfini.

En ville la cérémonie des obsèques prend fin dès la sortie de l'église. Mes condoléances. Le corbillard file vers un cimetière, dans une périphérie anonyme, suivi d'une seule voiture, celle de la famille. On enterre le mort à la sauvette, « dans l'intimité », et on regagne en hâte le camp des vivants.

Les cérémoniaux de l'incinération poussent plus loin le bouchon de l'escamotage. On introduit le cercueil dans une machine invisible qui le réduit à des cendres, lui et le défunt enfermé dedans. On attend pendant deux heures d'horloge, dans une ambiance de paganisme austère.

Il y a de la musique. C'est un peu long, mais enfin ça règle son compte à la dépouille, il n'en reste rien, on a effacé les *images* cruelles des derniers jours, du dernier soupir, et éliminé la symbolique du repos éternel, à l'horizontale. Aucun risque que la viande s'avarie, c'est aussi *clean* que les obsèques de *Ce cher disparu* d'Evelyn Waugh, ça exhausse la volonté d'absolue discrimination : on ne veut plus vivre avec la mort.

On n'a pas très envie non plus de vivre avec les vieux, qui en suggèrent l'imminence. Comme ils sont là, on les déguise en jeunes : une dame du « troisième âge » en bermuda rose, perruquée, liftée, peinturlurée et qui danse le jerk, c'est moins évocateur de la scène finale. Le vitalisme ambiant a favorisé l'épanouissement d'un « jeunisme » qui occulte le tragique et grime les sursitaires de la mort en niais attardés. Le vieillard se doit de copuler comme un conscrit, de se commettre dans l'associatif et d'aller voir le Taj Mahal ou les chutes du Niagara. Il faut qu'il se bouge, puisque tout bouge, dût-il y perdre la boule ou s'y rompre les os. Et si l'outrage des ans n'est plus dissimulable, il peut désormais choisir le moment de son trépas, comme un obstétricien choisit l'heure d'une mise au monde pour ne pas manquer son tournoi de bridge. Sous l'habillage humanitaire d'une mort sans douleur et « dans la dignité », le suicide acquiert un statut qu'aucune civilisation ne lui avait consenti ; les stoïciens ne le prescrivaient qu'en dernier recours. Débranchez ! ordonnera Big Brother en songeant au budget de la Sécurité sociale. On débranchera. Qu'il faille éventuellement s'y résoudre, c'est une évidence : le harcèlement technologique sur de la chair moribonde est une autre perversité du vitalisme. Mais l'inscription du suicide dans le catalogue des droits rompt avec toutes les approches de la mort : l'esprit n'ayant plus de parentèle dans les contrées de l'invisible, elle sombre dans l'indignité de l'état charognard.

L'individu contemporain se perçoit comme une machinerie dont les rouages obéissent aux lois qui régissent la machinerie cosmique. C'est une victoire posthume des Lumières (l'« homme-machine » de La Mettrie) sur les litanies généalogiques des patriarches de la Bible, des divinités d'Homère, des manuels scolaires qui inscrivaient tout un chacun dans une continuité dialoguée, une procession plus ou moins légendaire de saints, de héros et de sages, un ressac de datations. L'homme, à chaque instant de chaque histoire, était le terminal — provisoire — d'un récit enraciné dans une légende des origines.

Il se veut *originel*. D'où cette obsession très logique de l'« originalité » propre au moderne, à l'artiste notamment. S'il n'est singulier, il n'est rien. Alors qu'avant l'assomption de son moi, proclamée à la Renaissance, confirmée par l'essor du subjectivisme esthétique au XVIIIe siècle, l'artiste suggérait son infime différence sur une trame commune. Il créait dans la matrice d'un imaginaire collectif, en ressassant des figures dont les déplacements épousaient une temporalité paisible. On abordait un nouveau rivage sans perdre l'ancien de vue. Même solution de continuité au long des siècles qui séparent l'apogée et le déclin des civilisations extra-européennes.

L'histoire de l'art est peut-être entrée en agonie lorsque l'artiste de la Renaissance s'est vu glorieusement seul face au monde, celui du romantisme tragiquement seul face aux autres. Seul face aux lieux communs de la sensibilité nobiliaire, puis bourgeoise, puis populaire, qu'il a récusée sournoisement avant de la subvertir radicalement. Ce chemin de croix vers le Golgotha de la solitude, admirable dans ses effets, a pris son temps jusqu'à l'avènement de la bourgeoisie. Son rythme s'est accéléré lorsque Diderot inventa la critique d'art en louant Chardin d'avoir largué les amarres de la ressemblance au profit de la couleur. Il a pris le galop entre le dernier Turner ébloui de lumières et les cathédrales de Rouen de Monet. Il s'est emballé lorsque l'artiste répudia la représentation, l'idéalisation ou la théâtralisation (de Dieu, des mythes, de l'histoire, de l'homme, du social, de la nature), pour fonder sa création en absolu. L'art devint un en-soi. Comme l'ego et comme la technique. L'aventure esthétique a cherché son dernier eldorado entre le spiritualisme refondateur de Kandinsky et le syncrétisme libertaire de Dubuffet avant de s'exténuer dans la contemplation morose du chaos et le culte de la dérision. Tout est annoncé lorsque Duchamp signe un urinoir *Fontaine* et demande avec une fausse ingénuité pourquoi cet acte ne serait pas de l'art. Malevitch renchérit avec son *Carré blanc sur fond noir*, Rodchenko avec son *Dernier tableau*, une petite toile couverte de rouge. Tout se consomme avec le génie prométhéen de Picasso, la brutalité tellurique de Pollock, le laconisme tragique de De Staël. Il ne reste à Warhol qu'à ironiser sur la mythologie implicite de son temps : Marilyn, Coca-Cola. Ses émules théorisent cette ironie, ou dissertent sur l'histoire de l'art, jusqu'au confusionnisme du pop art, au négativisme du bad painting, aux malices d'un César concassant des choses de la vie usuelle, d'un Christo emballant le Pont-Neuf ou le Reichstag en guise de révérence, ou d'irrévérence. L'histoire du subjectivisme provocateur est achevée. L'« artiste » qui, au début des années 60, s'avisa de signer la ville de New York aura signé son certificat de décès. Cet acte gratuit obéissait à une logique imparable : mon regard est légitime. Il ne regarde que moi et au nom de quoi lui contesterait-on la dignité d'acte créateur ?

Sous-entendu : au nom d'un académisme répressif et régressif. Ce gendarme complaisant du guignol avant-gardiste, on l'exhume encore pour légitimer l'arbitraire d'une innovation, en espérant que le marché daignera la cautionner. Mais l'avant-garde ne peut plus exister, faute d'arrière-garde pour la contester : le fantôme de la répression se lasse d'être tiré des greniers de l'Histoire pour tenir le rôle du cocu dans la farce manichéenne du bon créateur contre les forces viles de l'aliénation. Toute innovation est valorisée a priori et le champ des possibles a été creusé jusqu'à la boule de feu qui carbonise les ego. Le temps est venu pour Malraux de disposer dans le musée imaginaire les formes universelles de la création en vue d'un dialogue improbable. Nous les avons à discrétion ; le musée, la collection privée, la photographie, l'exposition ont démultiplié notre regard. Nous les avons isolées, fragmentées, déplacées, reclassées à notre guise. Elles n'ont plus rien à nous dire. Elles portent le deuil de l'invisible qu'elles avaient voulu attester.

Ce deuil est le nôtre. L'homme « moderne » est le visiteur ébahi et repu de ce musée imaginaire dont les métamorphoses, ayant épuisé sa boulimie nécrophage, le condamnent à l'anorexie. Comme une vache regarde passer des trains, il voit défiler des civilisations, et la pluralité « culturelle » de leurs mises en scène esthétiques. Toutes les civilisations sont embaumées dans les musées, et toutes les cultures, y compris les nôtres, la judéo-chrétienne, la gréco-romaine, la médiévale, la renaissante, la classique, la baroque, la romantique et sa postérité égotiste, et son avatar splendide autant que désespéré, l'art abstrait, et aussi ses rebonds non moins désespérés, l'orbe fœtal ou animal de Brancusi, la pure géométrie de Vasarely, la matérialité brute de Tapies.

J'aime les musées comme j'aime les parchemins, les monuments, les stèles, les autels, les tombeaux, les faunes, les flores et les vieux ; ils me racontent des histoires avec lesquelles arraisonner tant soit peu le temps qui bientôt reléguera l'Histoire dans les ténèbres de l'oubli. J'aime arpenter les ruines de l'Histoire, avec une tendresse pour les reliques d'une intimité pensante : la maison de Hölderlin au bord du Neckar, celles de Keats ou de Freud à Hampstead, la tombe de Jane Austen dans la cathédrale de Winchester, le cimetière marin de Valéry sur sa colline, le prieuré de Ronsard à Saint-Cosme. Aux livres, aux pierres, aux paysages dessinés par le laboureur et le bûcheron, je demande un sursis. Il m'est accordé si souvent que les comparutions du monde actuel me semblent parfois entachées d'irréalité. Tous les mondes *inactuels* m'émeuvent ; à chacun correspond, assez mystérieusement, un tentacule, une alvéole, un rhizome, un bourgeon de ce « moi » qui voudrait ne rien perdre.

J'aime les musées d'un amour désolé et plein

de gratitude, les magistraux qui effeuillent la légende des siècles, les provinciaux qui exhument naïvement des brimborions de passé simple : un métier à tisser, un casque de poilu, un ostensoir, une lettre autographe du rimeur local.

Je me reproche presque de les aimer autant, car je les prends pour ce qu'ils sont : des sépultures ouvertes au voyeurisme de regards profanes. Il y a de l'obscénité à jeter un œil « moderne », donc agnostique, apathique, condescendant et vaguement fasciné sur un masque dogon ou les statues-colonnes de Chartres.

Un masque africain sans la danse, sans la transe, sans les esprits qui peuplent la forêt, c'est un objet curieux qui témoigne des âges de la superstition, au même titre que le Christ en majesté de Moissac entouré de ses apôtres. Ces âges sont antédiluviens pour l'œil froid du collectionneur, de l'« esthète », personnage inventé et promu par la bourgeoisie, détestable car le mépris et la pulsion de viol sont au cœur de sa pathologie thésauriseuse. L'esthète *décore* son ego en possédant des reflets cadavériques d'une ferveur qui lui est inaccessible. Son cabinet privé est le microcosme du musée planétaire entre les salles duquel nous grelottons tous d'un froid macabre.

Les musées de l'Antiquité étaient les temples des divinités. Ceux de la Renaissance et ceux du XIXe siècle procédaient chacun d'une ambition finalement idéologique : rameuter pour mieux inventer, instruire pour mieux raisonner. Tandis que les nôtres sont des nécropoles qui prolifèrent dans un désordre pathologique. On en trouve dans chaque ville, on en a même fait un dans l'église de ce village. Un musée peut en cacher un autre : pour diversifier l'offre touristique, les monuments ouverts à la visite proposent en sus une exposition thématique ; le passé s'emboîte dans du passé, comme des poupées russes. Tout y entre : le sacré, l'artisanat, la technique. Tous les âges s'y mêlent, la mémoire des hommes y a vidé toutes ses poches. Le monde « moderne » *muséifie* avec une obstination maniaque les reliefs de toutes les civilisations.

Donc, elles sont mortes. Ce qui vit n'est pas immobilisable ni ne se prête à l'analyse. L'histoire des arts est achevée. Nul ne l'ignore. Personne n'ose se l'avouer. On postule la *continuité* rassurante d'un processus qui relierait les menhirs de Carnac aux tags du métro en passant par Memphis, Palmyre, Angkor, la mosquée de Cordoue, la chapelle Sixtine, les salons des Indépendants et l'atelier d'Utrillo à Montmartre. On voudrait que les ponts ne fussent pas coupés entre les débuts de la fin et la fin de tout début.

Trop tard : le passé ne passe plus dans le présent. Cela se sent lorsque, ayant parcouru les galeries du Louvre, on va voir du « moderne » à Beaubourg : l'Histoire n'est plus là, on aborde un univers de limbes dissociés qui nous semblent refléter un chaos primordial. C'est sidérant. Deux solitudes se coltinent, celle du montreur de soi, celle du voyeur. Elles peuvent se reconnaître, elles ne peuvent fraterniser que sur le registre des sentiments ruinés.

L'artiste « moderne » — un ego qui crie dans sa nuit — poursuit son calvaire, astreint, puisque « original », à en rajouter sur des audaces qui vieillissent à mesure. L'inesthétique urbaine procède de leur juxtaposition ; il suffit de regarder dans la rue les façades, les enseignes, les lampadaires, les voitures, les kiosques, les affiches et même l'accoutrement des piétons pour s'apercevoir que rien ne s'accorde : l'architecte, le décorateur, le publicitaire ont vulgarisé des goûts du jour qui datent, sauf le dernier en date. Les trouvailles captées dans l'air du temps n'ont pas la durée requise pour que s'affirme un style, elles cacophonisent dans une surenchère bravache en dosant l'ironie et la nostalgie. On peut toujours imaginer d'autres audaces, d'autres malices, d'autres coups de sang, de gueule ou de pub. D'autres accès individuels de rage ou de dégoût. D'autres assemblages de mots, de sons et de couleurs : la combinatoire est infinie, et nos sociétés subventionnent la « création » pour solde de tout compte historique.

Pour peu que la tendance se poursuive, des

millions, des milliards d'« artistes » useront de l'alphabet, du son, de la couleur ou du volume pour clamer leur singularité captive, dont autrui se fiche éperdument : ils crient, donc ils « créent », dans leur propre geôle, pour leur seul usage. Impossible de nier — ou d'accréditer — la dimension « artistique » d'un assemblage textuel, sonore, gestuel ou pictural : les normes héritées du passé n'ont plus cours. Toute dialectique de l'ancien contre le nouveau, de la liberté contre l'académisme, la routine ou le bon sens est ruinée. Il n'y a plus rien à profaner, ni à sacraliser, plus de fil à renouer ou à trancher.

Le sens perdu ne resurgira pas. Il serait plus décent de laisser son cadavre pourrir en paix, mais si faraud que soit l'homme moderne, si imbu de son relativisme, il a peur de s'avouer que l'art n'existe plus, que les conditions mêmes de sa possibilité ne seront sans doute plus jamais réunies. L'insignifiance de tous les « néo » révèle l'impossibilité d'un retour sur images et les futurismes à venir ne sauraient être que des dérivés de l'actualité technicienne. Impossible de se donner le change de *ruptures* comparables à celle de Masaccio, de Rembrandt, des impressionnistes, des cubistes. Tout est admis : *l'art n'a plus d'« ennemi »*, plus de censeurs cléricaux ou prudhommesques. Aucune réprobation ne l'honore. Il est un produit légitime, encore que non labélisable. Il est ce que bon lui semble et, comme rien ne l'arrête, il s'abolit dans l'absurdité de son auto-proclamation, tel Rauschenberg honorant la commande d'un portrait en écrivant : « Ceci est un portrait puisque je le dis. » Le jugement de goût s'est anéanti dans le superlatif : rien n'est opposable au manichéisme animal du « J'adore » ou du « Je déteste ». Octavio Paz s'est fait beaucoup d'ennemis en annonçant la fin de l'*idée* d'art moderne. En réalité, c'est la fin des idées visant à une subversion consciente du champ mental qui se confirme.

L'art a exprimé pendant quelques millénaires un lien holistique avec l'invisible. Les peuples ont conjuré collectivement et naïvement leurs terreurs, et sublimé leurs ferveurs, avant que l'Occident, ayant inventé la figure sociale, puis asociale de l'artiste, ne la noie dans un spontanéisme sans issue. La rupture des liens avec le sacré, puis avec la représentation, a produit les œuvres majeures de l'individu souverain. Ce prométhéisme l'aura ennobli avant de l'encaserner dans un orphelinat décoré par ses locataires frappés d'autisme, chacun ayant « créé » les attendus incommunicables de sa solitude.

La littérature occidentale est ruine parmi les ruines : constat désastreux pour un écrivain. Entre Boccace qui a peut-être inventé le roman « moderne » en *isolant* hors la cité les sept personnages du *Décaméron* et l'isolement absolu de l'écrivain redevable aux romantiques, l'histoire de notre littérature confirme la montée en gloire d'un « moi » autonome, autoritaire, séditieux, détonateur ou prophétique. Moi à côté du monde. Moi dominant le monde. Moi dressé contre le monde. Moi rimant avec bourgeois, pour l'essentiel, car enfin, depuis la Renaissance, c'est la prise de pouvoir de l'individu bourgeois qui domine la séquence historique, au détriment du nobiliaire : l'ironie triste de Cervantès ensevelit l'idée chevaleresque et le moi de Montaigne est presque aussi envahissant que celui des héros de Balzac ou de Dickens. Ceux de Shakespeare libèrent une volonté farouche de puissance qui ne doit plus rien aux cultes ancestraux : Macbeth et le roi Lear sont des monstres « modernes ».

Proust a rassemblé en un camaïeu les fleurs déjà séchées d'une sensibilité bourgeoise qui, curieusement, s'est délitée avant d'atteindre une maturité : jusqu'au bout elle aura singé l'esthétique du faubourg Saint-Germain.

Le moi bourgeois est le dernier synthétiseur, le bref épigone des dieux et des monarques jusqu'à son exécution sous le feu croisé de Marx, de Nietzsche et de Freud. Sa majesté, son unité, son autorité sur le corps et l'esprit, son emprise sur l'économie ont correspondu à l'âge d'or du roman. Après, les surréalistes ont déconnecté ; Joyce a parodié ; Céline a poétisé le marasme. Beckett a atteint la limite au-delà de laquelle ne peut prévaloir que le mutisme — ou bien l'exaltation du langage, ou encore le bavardage d'ego en veine de confidence. Quand le sujet se chosifie en ego, la fragmentation des instances du psychisme produit des œuvres certes, et quelquefois sublimes ; mais qui, de plus en plus, relèvent de la thérapie. Ou de l'exorcisme. On écrit pour fuir hors de soi, hors du monde et rameuter sur la page blanche les éclats d'une substance désintégrée.

Simenon a sans doute achevé l'histoire de nos littératures en peignant sur le vif un antihéros qui synthétise l'homme sans qualités de Musil, le Meursault de Camus et le Roquentin de Sartre : une concrétion déracinée, socialement équivoque comme le petit-bourgeois, comme lui flouée de l'Histoire, et comme lui fétu girouettant au gré de pulsions innommables. Un homme de l'instinct, esclave de l'instant. Il y a encore des écrivains en Occident, comme il y a des héros et des sages : un canard peut continuer de clopiner après qu'on lui a tranché le cou. La mort n'en est pas moins acquise.

Ce deuil-là, je ne le porte pas de gaieté de cœur. Je me résigne mal à tremper ma plume dans les encriers des écrivains morts pour soutirer un peu de bave au cadavre de la littérature. Contre les stylistes et les raconteurs, je me sens de mèche avec l'engagisme de Sartre et voudrais que mes mots servissent à « changer le monde » — mais qu'y puis-je si rien ne rend l'écho de leur mitraille ? À défaut, je revendique l'absolutisme désespéré de Marguerite Duras. « Se trouver dans un trou, au fond d'un trou, dans une solitude quasi totale et découvrir que seule l'écriture vous sauvera. » C'est du fond de ce trou que je tâche d'écrire, sans ignorer, hélas, l'anachronisme de la démarche et sans doute sa stérilité.

Être d'ici, au tournant du troisième millénaire, c'est marcher en queue d'une très longue procession funéraire. Ça n'empêche pas de vivre. Ni de contracter avec son siècle des mariages de raison. Tout de même, ça grève le bonheur d'un coefficient élevé de mélancolie. Toujours la mélancolie, compagne obligée de la muséomanie, sonate d'un crépuscule qui n'en finit plus de coucher ses soleils. La mélancolie nimbait le regret de ce qui nous échappe. Elle est sortie de ce rôle naturel pour devenir l'ordonnatrice lancinante des spleens « modernes » ; elle entretient ce sentiment d'être arrivé après la bataille, en sachant que les miens l'avaient perdue.

Les miens ? L'homme ancré à l'Histoire par la géographie, la mémoire, la religion et les balises variables qui ont encadré l'expression de ses désirs. Ou de ses manques. L'homme qui effleurait l'universel par le truchement d'une civilisation.

Ce village en effet porte des deuils qui remontent à la nuit des temps historiques. On a trouvé un menhir dans un bois de chênes, avec des ossements et des armes qu'on a déterrés pour les mettre dans un musée. Quand je pose la main dessus, j'imagine mes ascendants en habits de peau et je me sens complice de leurs effrois métaphysiques. Pourquoi le monde ? Pourquoi « moi » dans le monde ? « Moi » séparé du monde par l'équivoque douloureuse d'une conscience. Quoi derrière la mort ? Quoi derrière le monde ? Des fresques de Lascaux à mes scribouillages, la même supplique attend du même ciel des indications dont la précision laisse à désirer. Je les prends comme elles viennent : avec la caillasse soulevée par les hommes dans un paysage qu'ils ont domestiqué, j'ai de quoi sustenter cette rage d'élucidation contractée par nos neurones en se complexifiant.

On a trouvé aussi, au milieu d'un pacage, les restes d'une villa gallo-romaine. Un patricien mineur a dû faire sa loi. Outre les légionnaires, les Maures puis les Huns ont campé dans les parages ; il nous en reste des matités de teint, des pommettes saillantes et peut-être le goût d'aller voir ailleurs si le ciel est plus bleu, le sol moins rocailleux. En tout cas le fond de sauce celtique a été si souvent pimenté qu'un adepte de la pureté raciale aurait lieu de nous chercher des noises.

Le Moyen Âge a implanté sous les auspices

de saint Géraud un monastère bénédictin autour d'une église fortifiée. Les moines ont organisé l'agriculture, défriché les âmes autochtones et alphabétisé quelques loupiots tandis que des truands décrétés « seigneurs » fomentaient des razzias pour piller le manant. Au fond de la gorge existait un couvent de moniales cisterciennes, sans doute parce qu'un certain Étienne, disciple de Bernard de Clairvaux et sanctifié par l'Église, était originaire d'un village voisin. Parfois, quand le vent du nord siffle à la cime des arbres, il me semble que sa plainte renvoie l'écho du grégorien psalmodié durant des siècles au bord du fleuve. Une filiation mystérieuse associe mes attendrissements bucoliques, mes réminiscences amoureuses à l'idée du Beau qui explose entre Boèce et Maître Eckhart. Il y aurait eu en moi la matière d'un mystique platonisant sans ce désir de glisser la main sous le premier cotillon venu. Désir qui vient de Dieu : « Personne n'est en quelque sorte disposé aux contemplations divines, qui conduisent aux extases de l'esprit, s'il n'est avec Daniel un "homme de désir" » (Bonaventure).

Partout des croix de pierre érigées par une foi naïve imbriquée dans le paganisme celte. Les syncrétismes tissés par l'Histoire, il me semble que je les porte tous en moi. Ou plutôt, que chacun des « moi » qui m'habitent recèle une hétérodoxie. Comme il y en a beaucoup, je suis plein d'hérésies. Fatalité moderne : nous sommes des hybrides enlisés dans un estuaire où trop de fleuves vont à l'océan.

Partout des murettes de pierre habillées de mousse : les serfs émancipés par le message évangélique ont accédé à la propriété en laminant peu à peu les domaines féodaux. Un jour j'ai survolé le plateau en ULM : la damasserie des lopins autour des hameaux illustre le combat opiniâtre de la paysannerie pour consigner un nom sans particule sur un morceau de sol. Victoire pour les uns ; les autres ont subi le fermage ou le métayage.

Victoire à la Pyrrhus : le foncier agricole ne vaut plus la peine d'un labour. La dignité de propriétaire a perdu son aura ; le plaisir d'ajouter un taillis ou un bois à un domaine relève d'un passéisme touchant. L'affirmation de soi ne se consacre plus sur une géométrie plane, c'est un *mode de souveraineté* qui disparaît. Mieux vaut, dans l'esprit d'un bourgeois de campagne, épouser une fonctionnaire que des hectares mitoyens, la rente est plus sûre. Du reste, le bourgeois de campagne est une catégorie qui rejoint le curé de village, le garde champêtre, le juge de paix et le vétérinaire de plein air dans les musées de l'histoire occidentale. Le « métier » de propriétaire était revendiqué par Gabin dans un film « réactionnaire » des années 60, *La Horse*, où il campait un patriarche régnant sur sa tribu, son domaine et les vaches qui paissaient dessus. Ce personnage existait encore ici, dans l'immédiat après-guerre, avec ses métayers qui lisaient *La Terre* et votaient communiste pour le défier. Il a périclité, les métayers ont racheté ses terres, leurs enfants sont partis dans les villes. S'ils ont gardé quelques arpents, ils y plantent des résineux, ça pousse plus vite que les feuillus et le temps se compte à hauteur d'une existence, l'imagination ne se hasarde plus dans le futur d'une descendance. Trop lointain, trop incertain. Les chênes de la forêt de Tronçais plantés par Colbert sont les reliquats d'un culte de l'immortalité, au même titre que les divinités sculptées ou peintes depuis la préhistoire.

Il y a longtemps déjà que les paysans émigrent pour survivre : sur ce plateau crevassé de partout, le granit et le schiste rasent les pâquerettes. D'où ces exodes vers l'Espagne depuis le Siècle d'or ; puis vers les Flandres, Paris ou Bordeaux, selon les villages. Celui de Saint-Chamant où Josette Clotis et Malraux s'étaient repliés durant l'Occupation a essaimé en Amérique ; le mien en Lorraine et dans les Ardennes, je ne sais pas pourquoi. Je sais seulement que ces exils ont laissé peu de souches. On partait pour manger du pain blanc, on tissait sa pelote en s'autorisant un rien de bigamie et on revenait mourir au pays.

Le Français ne devient colon que malgré lui ; s'il décampe, c'est pour fuir la misère, le fisc ou la prison. Les représentations du Graal sont hexagonales : un Sud profond en Provence, un

Septentrion en Bretagne et Paris pour les d'Artagnan, les Rastignac et les Julien Sorel. Les Afriques de Rimbaud ne sont pas la rédemption d'un chasseur d'absolu mais la léproserie d'une âme défigurée par ses propres démons.

Les compatriotes que j'ai rencontrés aux antipodes m'ont tous dégainé la photo d'un clocher au premier punch, ils ont tous acheté une concession au cimetière d'un village dont le nom se termine en *ac*. Tarzan ou Robinson ne sont pas des mythes français ; nos littérateurs tropicaux ont surtout exploré les territoires de la nostalgie, à l'instar de Levet :

Ni les attraits des plus aimables Argentines,
Ni les courses à cheval dans la pampa...

Cet enracinement rageur fut un handicap national : nous produisons en serre tiède des concepts universels et des fantasmes exotiques, mais la France reste un pays de laboureurs, de rhéteurs et de bretteurs ; autant de spécialités qui risquent de la condamner au chômage technique.

La plupart des maisons datent de la Restauration, de la monarchie de Juillet ou du second Empire, phase (brève) de prospérité (relative) avant le carnage de la Première Guerre mondiale. La liste est longue sur le monument aux morts proche de l'école où, il y a trente ans, un hussard noir de la laïque entretenait encore avec le curé une guerre de position. Match nul : il n'y a plus d'enfants sous le préau, plus de prêtre dans le presbytère. La férule a rejoint le goupillon chez les antiquaires qui bradent les accessoires de la ruralité. L'évangélisme profane cher à Régis Debray aura duré un petit siècle, entre Jules Ferry et Mai 68.

Petit deuil au regard de la fin du grand cycle de l'agriculture. Exit la géographie qui, pendant quelques millénaires, a quadrillé l'espace en parcelles cultivées autour d'un lieu de culte ou de l'habitat d'un propriétaire. Le chef-d'œuvre de Vidal de La Blache est une pièce de musée plutôt qu'un guide de voyage ; il nous raconte, comme Gaston Roupnel, l'histoire révolue de l'alliance nouée entre l'*acte* et le *lieu* et on le lit comme on écoute une romance de grand-mère.

Exit la damasserie des « pays » chers à Braudel où, de part et d'autre d'un cours d'eau, selon les variables de la géologie, les patois n'étaient pas les mêmes, ni la couleur des hameaux, ni l'agencement des paysages, la forme des outils, la découpe des vêtements. Si Richard Young, si les deux enfants de G. Bruno refaisaient leur tour de France, ils ne seraient dépaysés que par des survivances architecturales « restaurées » dans le cœur des villes et par des sites naturels « protégés ». Le reste, ils l'auraient déjà vu, à Londres ou en Alsace.

Exit l'imagerie républicaine du fils de métayer premier de son canton au certificat d'études, boursier au lycée du chef-lieu de département, et qui devenait professeur, avocat ou ministre. Exit la saga parallèle d'un Martin Nadaud ou d'un Georges Pompidou — et ce kantisme austère des écoles normales que Barrès avait caricaturé dans *Les Déracinés*, sans s'apercevoir qu'il véhiculait le message des Évangiles, autant que les prêtres.

Exit, par voie de conséquence, le magistère des chantres de la Raison qui, en Sorbonne ou à Normale sup, auront prolongé l'aventure didactique d'Albert le Grand et de Thomas d'Aquin, puis celle des jésuites. Le lycée et les facultés de Napoléon, l'école de Ferry en avaient hérité en ligne presque directe.

Exit le savoir cumulatif, récitatif, dialectique, la transmission critique par le texte et son commentaire. C'est la fin des belles histoires — l'Égypte, les Hébreux, la Grèce, Rome, la France — qui paraissaient cheminer vers le temps présent, chaque civilisation posant ses pierres sur l'échafaudage de notre conscience. La disparition simultanée du grec, du latin et de l'apprentissage des dates « par cœur » symbolise le refus — ou l'impossibilité — de poser en *continuateurs*. Dès lors, la pédagogie n'a plus d'assise : elle impliquait un équilibre pendulaire entre tradition et innovation qui permettait au maître de se faire des disciples en leur traçant des lignes de conduite et en leur proposant des modèles. Cet équilibre a été détruit par une conception immanente, subjective et mercantile de l'apprentissage. On ne demande plus à un enseignant d'embraser une âme, de civiliser un esprit ou de former un citoyen mais d'*adapter* des classes d'âge au bon vouloir d'une économie versatile. Dans toutes les sociétés, l'initiateur, le précepteur, le prêtre ou le griot procédaient d'un savoir hérité. Ils avaient conscience de leur rôle : élever l'homme, dans les deux sens du terme. Et aucune société ne s'est dispensée de les former et de les contrôler. Les nôtres livrent l'audiovisuel, pédagogue essentiel des temps à venir comme l'avait prévu Malraux, à l'argent, donc à l'audimat, donc à la démagogie pulsionnelle.

C'est la fin aussi des grandes aventures — la philosophie, l'exploration, la politique — qui prêtaient à controverse dans les bars du quartier Latin. Il n'y a plus de *terra incognita*, tous les concepts ont été usés, disséqués, retournés, les utopies ont trop de plomb dans l'aile pour lever la moindre escouade et le savoir s'est trop parcellarisé pour donner prise à un débat.

Exit en somme l'histoire de la connaissance radieuse et audacieuse qui visait à l'idéal mallarméen du Livre totalisant, au fantasme valéryien d'un M. Teste omniconscient.

En en confessant la nostalgie, Debray se révèle le dernier clérical — et j'écris cela avec moins d'ironie que de compassion, au sens étymologique du terme : héritier comme lui d'un désir de connaître qui s'est étanché en effeuillant tant de pages, j'assiste sans joie à l'avènement d'un monde où les «humanités» n'ont plus le beau rôle dans l'édification des esprits. Peu importe si nous n'avons pas été émus ou ébranlés par les mêmes livres. Peu importe même si la «vérité» dont la quête l'obsède me paraît courte, et périssables les motifs avoués de son désenchantement. Nous sommes pareillement orphelins d'une *tradition* qui assujettissait l'action à un examen préalable de la nature humaine, de ses capacités cognitives, des contours de son destin, et qui pratiquait cet examen en décryptant des textes. Orphelins d'une approche (d'une fiction?) chronologique, étymologique, architectonique du savoir. Donc des bénédictins et des scolastiques autant que d'un Alquier, d'un Canguilhem ou d'un Hippolyte.

Lui autrement que moi parce qu'il a cru au «progrès» et à une forme périmée de révolution.

Moi moins gravement que lui parce que je crois en la résolution de l'énigme métaphysique. S'il a perdu ses illusions entre la Bolivie et l'Élysée alors que j'ai gardé les miennes, c'est que j'ai misé mes billes au-delà de tous les mondes possibles; mais mon oasis suffirait à faire la différence : vues d'ici, les plages de l'Histoire sont des grains dans le sablier du temps. Ça relativise les deuils. Ici la nature offre à l'esprit la symbolique de ses aspirations les moins périssables : le Dieu des uns, le néant des autres négligent de se grimer, on les voit dans leur nudité. Enfin, on les devine.

La dernière épicerie a fermé, le postier vient d'être muté ailleurs et, pour la première fois sans doute depuis le haut Moyen Âge, les dimanches ne sont plus carillonnés, faute de prêtre pour dire la messe, et de fidèles pour l'entendre. Un seul prêtre est en charge de toutes les paroisses du plateau. Certains samedis, il ouvre l'église à une théorie de vieilles femmes récapitulées sous le porche. Le portail les aspire avec un couinement. On croirait les sectatrices d'un culte résiduel, déposé par l'Histoire dans son reflux, comme les coquillages qui restent sur la grève quand la mer se retire. Voilà une agonie qui me touche de plus près que celle du cléricalisme républicain de la IIIe République, parce qu'elle vient de plus loin. Sans morale proclamée par l'État, un peuple s'égare vite, et le nôtre a des vagues à l'âme depuis qu'en guise d'idéal on l'incite à faire la guerre économique.

Mais, sans religiosité, un peuple dépérit à la longue, en suintant du sacré compensatoire — du sacré sans mémoire, barbare, sectaire et pulsionnel avec lequel le premier cinglé venu peut faire gicler du sang.

Je me revois en aube rouge et surplis à dentelles, au fond du chœur, agitant une clochette à l'élévation tandis que le curé marmonnait son latin de cuisine avec l'accent du cru. Notre piété était mal dégrossie ; néanmoins ce que les catholiques de ma sorte ont glané autour des soutanes les aura hissés tant soit peu au-dessus de leur étiage : un désir de pureté, une fringale d'éther et d'azur qui parasitaient des appétences plus louches. Ils rameutaient en outre la cohorte de fidèles en sabots qui, au long des siècles, ont franchi ce porche pour quémander dans le même bas latin le même envol de l'âme.

Avec le recul il est patent que le laïcisme des radsocs et des francs-maçons, le millénarisme des communistes (le prolétariat en croix, rédempteur de l'humanité) auront prolongé l'aventure du christianisme. Simplement ils croyaient implanter le Paradis hic et nunc : c'était mal interpréter l'Avent, et mal connaître les arcanes du désir. C'était la queue d'une comète, une inversion, une contrefaçon, une dérision de l'Église qui elle-même s'est reniée ou trahie mille fois avant que ses feux ne s'éteignent, du moins en Occident, du moins par les temps qui courent. Il y avait de la sacristie dans l'anticléricalisme candide des communards, comme il y avait de la componction épiscopale dans les fédérations du PCF, du sacerdoce dans les sections et la foi du charbonnier dans les cellules. J'ai connu, comme journaliste, une fédération communiste encore vivante, avec dans les locaux de son siège les photos encadrées des saints pères : Marx, Engels, Lénine, Thorez. On avait juste enlevé celle de Staline, ça faisait un blanc sur le mur. Je trouvais aux permanents cette onction paroissiale, cette façon sucrée de prêcher l'incroyant du haut d'une certitude en s'efforçant de ne pas trop le toiser. L'ésotérisme du vocabulaire me rappelait les messes en latin. Plus personne ne fréquente ces aumôneries rouges, et ceux qui votent encore pour le Parti, comme d'autres vont encore à la messe, ne sont plus des croyants, à peine des pratiquants.

Quand je lèche la vitrine de la librairie des libres penseurs, derrière le Panthéon, je suis ému par la désuétude d'un athéisme militant qui eût réconforté Bernanos. Le cadavre de Dieu bouge encore, aurait-il pensé, puisque ses (faux) ennemis s'acharnent dessus. Une religiosité indéniablement catholique baignait ces mariages laïques où le maire plaçait les conjoints sous la protection de la « cité » et de la « raison ». Il semble que l'usage en soit passé. Les vrais ennemis de l'Église, on les trouve en des lieux où les hommes ont une foi au ventre : islamique, bouddhiste ou hindouiste ; ou bien chez les satrapes, africains ou latinos, que les prêtres en chaire menacent dans leur pouvoir. J'ai assisté à une messe dans un village d'Haïti, juste après la chute de Duvalier (junior) : le sermon enrôlait le thomisme le plus intransigeant dans un projet franchement révolutionnaire, on se serait cru à des agapes de l'Église primitive.

Foin des zizanies familiales : Pepone était enfant du Vatican, autant que don Camillo — et les trois âges de Comte, les trois stades de Bachelard relevaient d'une espérance puisée dans la Bible : l'esprit cheminant vers *sa* vérité.

Au demeurant, depuis Scot Origène jusqu'à Hegel en passant par Vico et Ferguson, l'Histoire est envisagée assez unanimement comme une course en trois bonds vers la Raison raisonnante, raisonneuse et raisonnable. Seul Herder lui dénie sa prétention à culminer, encore qu'une Providence (germanique) supervise le génie inconscient de chaque peuple. L'idée que le magique, le mythique et le religieux appartiennent à nos préhistoires a gagné tous les esprits, même ceux des croyants. L'approche strictement *allégorique* des textes sacrés et des rites fondateurs est perçue comme une émancipation de la pensée à laquelle l'homme ne renoncera plus. Il ne croira plus jamais *littéralement*. L'invocation du surnaturel est appelée à une métamorphose si radicale que les trois monothéismes risquent d'y perdre leur hébreu, leur latin, leur arabe. Ils ne survivront ni en se rétractant sur leurs dogmatiques, ni en lâchant du lest à l'esprit du temps. Avis aux théologiens : tous les credos sont à refonder, y compris celui de l'Église qui m'a donné le goût de Dieu. On ne pourra plus le pétrir avec l'argile œdipienne de nos fantasmes : quoi qu'on pense du verdict de Freud sur la religion — une névrose infantile de l'humanité —, il n'est pas niable que le Dieu des uns et des autres aura procédé largement des vicissitudes historiques de la libido dans ses relations avec le pouvoir. Si Dieu est, il a peu à voir avec nos obsessions patriarcales, et tout ce qui s'en est suivi. Peu : pas rien — mais quel prophète ou quelle conflagration extirperont ce peu de ses gangues historiques ?

Par l'effet d'un paradoxe de surface, les fondements du dogme progressiste ne peuvent résister à l'effondrement du judéo-christianisme. Sans la perspective d'une rédemption, l'utopie du progrès n'est qu'une superstition : elle sombrera au premier cataclysme économique, si tant est que ses adeptes déclarés y croient encore. Sans la foi en l'autorité d'un juge suprême, le respect d'une loi morale ne s'imposera pas indéfiniment. Ceux qui espèrent pérenniser la mission policière et judiciaire d'un Dieu le Père auquel ils ne croient pas auront des réveils difficiles.

L'homme a largué pour toujours ses amarres « culturelles » au sacré et les conséquences n'épargneront aucun peuple. Impossible de retrouver les mirages d'un jardin des délices originel avec les commodités d'une adhésion au mot à mot d'un texte sanctifié par le temps. Pour l'heure et les suivantes, les mortels vont à leur destin en état de somnambulisme et d'amnésie. Soit ils trouveront une ligne de fuite, soit ils continueront de subir un processus dicté par les évolutions de la technique, et ce fatum les glacera d'effroi.

Le temps a paru hésiter avant de s'emballer. Au moment où Johnny Hallyday serinait ses premiers tubes dans les premiers transistors, il y avait encore, autour de l'église, toutes sortes d'échoppes et un presbytère où voletait une soutane. Les meuniers, le maréchal-ferrant, les tissandières avaient disparu entre les deux guerres, mais si l'uniforme noir de la veuve de guerre endeuillait le coin du feu, le bourg offrait les dehors d'une vie campagnarde effervescente. Le moins loti possédait une paire de vaches, un pré pentu pour le foin, un taillis pour le feu. Des poules picoraient devant chaque seuil, les cloches disposaient d'un sonneur attitré et la marmaille indigène justifiait la présence de deux instituteurs.

J'ai vu du blé noir battu au fléau comme sur les gravures de Jacques Callot, et des vaches attelées au joug tirer des chars aux roues de bois cerclées de fer. J'ai entendu des vieux confronter leurs souvenirs des derniers loups hurlant à l'orée du bourg. Je revois le sabotier à bacchantes qui rabotait les galoches, le cordonnier boiteux qui découpait du cuir, et ce braconnier borgne qui habitait au fond des bois une cabane construite de ses mains. Il piégeait des martres ou des truites, à la demande. On dit qu'il se rendit à pied à Bordeaux (280 kilomètres) pour y marier sa fille, et en revint par le même mode de locomotion, utilisé aussi par les gabariers qui descendaient à Libourne avec leur cargaison de bois.

Le club de football comprenait deux équipes. Au long d'une carrière sans prestige, j'ai affronté les coqs de tous les villages du plateau, sur des champs minés par des taupes. Chaque clocher trouvait suffisamment de gars pour soutenir son honneur, quitte à racoler le onzième dans un bistrot, à quinze heures moins cinq.

La majorité des joueurs ne vivaient déjà plus au village, ils travaillaient en ville et remontaient le samedi pour le bal et le match. Le port du maillot focalisait un attachement, ambigu à partir des années 60 car les vents de la modernité sifflaient du twist dans les neurones, les fils de paysans avaient tendance à récuser le patois, les galoches, la bourrée et autres piments d'un exotisme qui amusait les citadins. C'est vingt ans plus tard qu'ils ont pris le train commun de la nostalgie.

Les clubs auront animé jusqu'au bout un

patriotisme lié au sol, ou plutôt au clocher, d'autant plus acharné qu'autour des clochers les volets se fermaient. Ah, ces dimanches où les Kopa du plateau se faisaient cisailler par les Marche de la vallée avant d'aller se laver les genoux dans le ruisseau attenant. Au fil des saisons nous perdions des joueurs, soit qu'ils montassent travailler à Paris, soit qu'ils partissent au régiment, soit qu'à la veille de l'ouverture ils préférassent acheter un fusil plutôt que des crampons. On recrutait chez le voisin et ça faisait des embrouilles. Parfois les antagonismes dégénéraient en batailles rangées, dignes des soules médiévales, avec prolongations dans les salles de bal, au rouge limé. Le lundi on lisait les résultats de la poule dans *La Montagne*.

Les clubs désormais ont des vestiaires équipés de douches, comme à Saint-Étienne ou à Monaco, les crampons sont amovibles, les maillots fluorescents, et les caisses à pharmacie recèlent de quoi réveiller un cadavre. Nous n'avions que de l'huile camphrée, du Dolpic et du mercurochrome. Mais nous étions vingt-deux sur chaque pacage balisé à la chaux. On n'arrive plus à les compter. De quoi vivraient-ils ? Ce village a connu le sort commun, c'est un musée de la ruralité entretenu par des retraités.

Autant mes souvenirs fixent les images sépia d'une rêverie à la Millet, autant celles de la décrépitude passent comme un film en accéléré. Les moissonneuses-lieuses-batteuses qui rugissaient dans les granges. Les premiers tracteurs Mac Cormick rouges, les premiers postes de télévision sur les buffets Henri II, surmontés d'une photo encadrée de Jean Ségurel (les anciens) ou de Sheila (les modernes). Les Motobécane ventrues avant les Mobylette contemporaines des Vespa et des Lambretta, apanages des vacanciers citadins avec le Teppaz et les cigarettes blondes. Le téléphone public à manette («Passez-moi le 6 à Barnac»), l'eau courante au robinet, les lampadaires dans les hameaux. L'obsolescence progressive des fontaines, des lavoirs et des toilettes de bois au fond du jardin, temples estivaux des guêpes et des bourdons. La fermeture des échoppes. Puis la liste unique aux municipales, faute de candidats, et un remembrement tardif qui permet à deux fermes de subsister dans le bourg, une dizaine sur le territoire de la commune. Il y a trente ans, les troupeaux qu'on ramenait à l'étable pour la traite se croisaient sur la place, comme les flux automobiles à la Concorde.

Les enfants qu'on entend à l'occasion piailler sous le préau viennent de Paris : les «classes vertes» soulagent une soif d'animation qui s'étanche l'été autour d'un ancien étang reconverti en «plan d'eau», d'un court de tennis et d'un terrain de camping (trois étoiles). Tourisme oblige. La place de l'église n'est plus le centre névralgique, c'est devant ce plan d'eau qu'on organise les fêtes locales et les jeunes campeurs dansent le soir dans une « salle polyvalente » sur des airs de techno. À chacun sa part de mondialisation. Les Bataves et les Anglais qui « retapent » des anciennes fermes (pierres et poutres apparentes) préfigurent peut-être l'Europe dont il est question à la télévision. Mettons qu'en tenue de bain les corps en instance de bronzage enflamment les libidos jusqu'à la fin du mois d'août. Qui s'en plaindrait ? Après l'exode des caravanes, c'est la disette. Rien de plus ingrat que la drague hivernale sur un plateau où la sexagénaire passe pour une jouvencelle.

Les cloches sonnent encore l'angélus, ainsi que les enterrements : autant de pris sur ce qui disparaît ; ici la dépossession est insensible. Ou presque. Les vieux parlent encore le patois, version limousine de l'occitan, et on voit encore des vaches dans les prés — des vaches rousses de la race Salers, largement, majestueusement encornées et dont l'œil farouche signale un cousinage avec les animaux de la préhistoire. Encore une largesse de la permanence. Tant qu'il y aura ces cloches, et ces cornes, j'aurai mes univers à portée de mémoire.

Mais des univers à l'état de pétrification. Dans ce village ordinaire d'une France qualifiée de « profonde » par les citadins (la profondeur des tombes ? des abysses ?), la plupart des maisons ne s'ouvrent qu'aux grandes vacances. On aère les matelas, on sort les chaises longues du grenier et on plante les parasols devant les pelouses.

Les « originaires » sont revenus. Le soir, devant l'âtre, ils commémorent les étés d'antan chez un oncle paysan ou une grand-mère qui récitait son chapelet. Ils habitent Paris, Monaco, Genève ou Anvers. Certains ont « réussi ». Mon village se targue d'avoir engendré un industriel de gros calibre, et même un authentique polytechnicien.

Les autres ont moins bien « réussi » mais c'est accessoire, la nostalgie fait litière des stratifications sociales, elle s'enivre des mêmes souvenirs d'enfance et de jeunesse. On se souvient de cet été où l'on braconna des écrevisses. De celui du flirt sous la tonnelle avec Alice. Il y eut l'année du bac de Brigitte, celle du mariage de Claude qui a divorcé depuis : l'épouse n'aimait pas les bouses de vaches, ni les toiles d'araignées, elle préférait lézarder sur une plage.

Il y a le temps qui coule : les quarante ans de Dominique, les cinquante d'Élise (déprime à l'horizon), l'aîné de François qui tourne mal (ecstasy). Et puis les deuils d'un père ou d'une tante, le cancer d'un copain, le chômage d'un autre, les mérites comparés des « prépas » — tous ces riens de la vie, ces outrages du temps sous des toits de lauzes chapeautés d'un coq (républicain) ou d'une girouette, et qui en ont entendu d'autres.

En entendront-ils d'autres ? C'est le débat des fins de soirée, surtout après l'Assomption. Les tricots qu'on enfile au couchant annoncent le début de la fin, la mélancolie s'insinue. On la retrouve toujours au coin d'un souvenir, quand le soleil s'est enfui derrière les forêts sombres. Viendra-t-on se terrer ici à l'âge de la retraite ? Certains en rêvent. Ils se voient déjà cueillir des cèpes sous les chênes et cuire des châtaignes sous la cendre. Les autres ont peur des hivers, ils durent longtemps et leur silence donne le vertige.

Le débat prend une altitude un peu sociologique : ce village endormi, ce plateau prostré dans les brumes, quelle fée futuriste les réveillera ? Les originaires et les touristes s'en vont à la fin du mois d'août. Les volets des maisons de famille se referment, le plateau redevient un désert battu par les vents. Les optimistes font valoir qu'avec la conjonction des futures autoroutes et des nouveaux outils de communication, le télétravail permettra un repeuplement significatif. À quoi les pessimistes rétorquent que ce sont des retraités, ou des vacanciers, qui achètent les maisons. L'hypothèse la plus plausible est une survie par le troisième âge, un attendu de la ségrégation à l'américaine : des vieux qui attendront le coup de fil du fils, la visite du médecin, le retour du printemps ou le journal de vingt heures en regardant les buses planer dans le ciel.

Le village continuera de somnoler, figé dans une attente sans objet. Il s'est habitué à la solitude. Le déclin démographique remonte au début du siècle dernier, l'entrée en léthargie à la fin de la Première Guerre mondiale. Les « trente glorieuses » des manuels d'économie ont hâté le dénouement : la seconde puissance agricole du monde a gagné en productivité ce qu'elle perdait en paysans. Leur exode a coïncidé avec la prolifération des bureaux de Crédit agricole, des collèges agricoles, des plumitifs dans les chambres d'agriculture, les mutualités agricoles, la Commission de Bruxelles. On sait pertinemment que tous les plans tirés sur la comète technocratique condamnent la paysannerie à une mort sous morphine : les subventions endorment la douleur. Mais, comme les ruraux pèsent de moins en moins lourd dans les urnes, le coup de grâce ne devrait plus tarder, on peut compter sur l'agroalimentaire pour l'asséner.

Il existait un port fluvial en bas de la gorge, où le fleuve commençait à être navigable. Pour les gens du plateau, c'était une ouverture sur le large, avec un océan au bout de l'imagination. Enfants, nous découpions des barques dans de l'écorce de sapin et les lâchions sur les ruisseaux qui tombent dans le fleuve. Destination : les Amériques, aux bons soins de la ville de Bordeaux.

Il n'y a plus de marins d'eau douce pour convoyer les désirs vers des embouchures mirifiques. Le port est devenu une « plage », et on a construit deux gabares, à l'identique, pour y promener les touristes. Il reste aussi une chanson, qu'entonnent les groupes folkloriques, l'été, à l'adresse des mêmes touristes : « Du temps des gabariers... »

Ce temps perdu, ces temps anciens, le musée planétaire les recycle au service d'un consumérisme embué de nostalgie qui entremêle les époques et les genres, le profane et le sacré, la gloire et l'infamie, la cathédrale gothique et la forteresse de Vauban, le crâne de Louis XI (Notre-Dame de Cléry), les pavillons Baltard (second Empire), une façade (Art nouveau), un plafond (Arts déco), une photographie de Hanoi du temps où Doumer était gouverneur général de l'Indochine, la gare de Montoire (musée à l'intérieur), un cendrier des années 60, une Buick Dinky Toys des années 50, un seau et une pelle pour jouer sur la plage des années 30 (musée de Trouville)...

La signalisation prolifère : à Paris, qui abusait déjà des plaques commémoratives, ont surgi sur les trottoirs des panneaux de métal gris aux fins didactiques ; la ville gorgée de musées et qui en ouvre de nouveaux se fait muséographe, à chaque pas, pour nous confirmer que l'Histoire est passée par là. Conclusion implicite : elle ne repassera plus, soyez tranquilles.

On nous signale obligeamment le château de Compiègne et les terrils de l'Artois sur l'autoroute du Nord, une « ferme du XVIe et du XVIIe siècle » sur l'autoroute de l'Ouest, avant l'échangeur de Rouen, la cité de Carcassonne visible de l'autoroute des Deux-Mers, superbe joujou médiévisant bricolé par Viollet-le-Duc. Pas un créneau n'y manque, on s'y croirait. On n'a pas le temps de s'y croire, un panneau nous propose déjà le massif des Corbières.

L'utilitaire, le religieux, le majestueux, le

symbolique et le décoratif s'abolissent dans un dévoiement obscène : les choses à voir n'ont plus de relation avec ce qu'elles signifiaient de labeur, de ferveur ou de terreur. Elles sont inertes et captives, comme les prostituées de Hambourg derrière leurs vitrines. On donne des concerts de musique baroque dans des églises romanes, on fait la noce dans des monastères : ça aurait amusé Breton mais ces confusions ne sont pas préméditées, elles font du surréalisme sans le savoir.

Anéantissement de la perspective historique : l'arme de silex, les ruines de Balbek, la pièce de monnaie gauloise, le site de Crécy, un jardin de Le Nôtre sont passibles de la même *muséification* que les âges industriels. Et de la même *touristisation*. Les deux font la paire : le musée administre les cadavres, l'œil du touriste les dissèque.

L'« écomusée » du Creusot, les locaux de Fiat à Turin reconvertis en centre de congrès, le télescope sur les hauteurs de Longwy d'où l'on contemple les « friches », les restaurants de Soho à New York ou de la rue Oberkampf à Paris implantés dans des ateliers, accolent du jadis au naguère, du passé simple à l'imparfait. La vogue des antiquaires, des biographies historiques, des romans de terroir, des sons et lumières, des biennales, des festivals, des expositions, des arbres généalogiques, des commémorations, voue le passé des hommes à l'inertie de l'objet consommable à merci. L'enceinte du château de Chinon, habité par les mânes joyeux de Rabelais, a fait l'objet de la même «restauration» que l'église d'Oradour où la Das Reich incendia les villageois, et des cars identiques déversent ici ou là des voyeurs interchangeables qui finissent par confondre l'un et l'autre *site* : Chinon et Oradour ne sont que les étapes éventuelles d'un *circuit* qui couvre le globe dans son intégralité et vend un hachis historique neutralisé par son abondance.

La séquence rétro du *Monde* nous apprend distraitement qu'il y a cinquante ans, jour pour jour, chutait le gouvernement Schuman au bout de douze jours. Celle de *L'Équipe Magazine* qu'il y a trente ans les Verts de Saint-Étienne assuraient leur titre de champions de France.

Trente ans ou trente siècles ? Pour l'œil qui survole ces pages, c'est du pareil au même. C'est *avant* — dans un passé sans bornes, sans reliefs, pas plus linéaire que dialectique. Un passé dévitalisé qui inspire un sentiment uniforme de regret et de soulagement. Regret parce que ce passé ne nous habitera plus jamais, il est trop loin, il est trop mort. Soulagement parce qu'en ces temps-là on vivait à la dure et on risquait sa peau pour un rien. Ou pour un *idéal*, ce qui paraît à un moderne tout aussi effrayant.

La rapidité de l'évolution technique dépréciant de plus en plus vite l'utilité de l'objet, sa muséification devient presque immédiate. Je me souviens des posters du Che, en vente dans les drugstores dès l'automne 1968, et j'ai vu sous la porte de Brandebourg, un an après la chute du Mur, des uniformes tout neufs d'officiers de la RDA proposés aux touristes pour une poignée de marks. Le concassage du passé ne laissant plus espérer une position stable dans quelque panthéon que ce soit, les chefs d'État, les penseurs, les artistes ne briguent qu'une gloire anthume, aussitôt forclose que proclamée. Tel qui jadis eût rédigé par anticipation sa notule dans le dictionnaire se satisfait d'être promu *people* à titre provisoire.

Le phénomène peut retourner son gant : déjà on statufie en « classique » le twist des années 60. Roger Louret a mis en scène la décennie qui débute avec *Diana* de Paul Anka et s'achève avec Woodstock et les campus en folie. J'ai assisté à ce spectacle musical. Nostalgie garantie, je me revoyais en Solex, avec une jolie petite Sheila en croupe. Le même Louret récidiva avec les années 40. Je suis né après la Libération et je préfère de beaucoup Fats Domino à Tino Rossi ; cependant la même nostalgie m'a surpris, j'étais aussi ému en écoutant *Mon légionnaire* que *Blueberry Hill* et autres tubes de mes tendres années. Comme si la nostalgie s'accrochait à n'importe quelle branche, pourvu que l'arbre soit mort, fût-ce de fraîche date. Louret ayant récidivé à nouveau avec un spectacle sur les années 80, je m'y suis rendu à contrecœur : ces années des raiders, des golden boys, des publicitaires et de la communication, ces années grises où le cynisme a poussé en graine sur le terreau du nihilisme, c'est peu dire que je les ai haïes. Or, en écoutant *Joe le taxi*, la nostalgie est revenue. Décidément tout la réveille. Tout et rien. Parce qu'elle sait qu'il ne restera rien du passé — rien d'autre qu'un bout de tube calfeutré dans un trou de neurone. Au lieu de dispenser une leçon, de poster un repère ou de tendre le fil d'une continuité, la mémoire s'exténue en une célébration barbare du *révolu*. Autant dire : de tout ce qui n'est pas l'instant présent. Un tout dont les parties s'équivalent. La Résistance de nos pères et les machines à tricoter Singer de nos aïeules rejoignent Vercingétorix à Alésia, Philippe Auguste à Bouvines, Louis XIV à Versailles, Napoléon à Sainte-Hélène dans une préhistoire indistincte et brumeuse, plus lointaine que les étoiles.

Partout des ministères du Tourisme et de la Culture, solidaires d'une même entreprise de *restauration*, s'évertuent à pasteuriser la mémoire dans une névrose patrimoniale. On sait depuis Charles X qu'aucune restauration n'inverse le cours de l'Histoire et la « retape » de l'ancien évoque irrésistiblement le vernissage d'un cercueil. On ne restaure pas notre « patrimoine culturel» pour y vivre, mais pour faire vivre le tourisme et diluer notre culpabilité : ce siècle a accumulé tant de laideur et dilapidé tant d'héritages, il faut bien laisser quelque chose à la postérité.

L'Unesco s'y emploie à l'échelle planétaire, en «classant» des sites, comme on classe un dossier quand l'affaire n'a pas de suite envisageable. Parfois je me demande si ce village tout entier, sa verdure environnante, et moi avec, ne justifieraient pas un classement : nous témoignons solidairement d'un monde naufragé.

Chaque terroir exhume les fripes de son folklore et de feu ses coutumes, pour les exposer au visiteur de passage. A charge de revanche : moi la cabrette ou le biniou, toi les moulins à vent, les danses «sacrées» — et pourquoi pas la crémation? J'ai vu à Bali des touristes en filmer une, sans la moindre vergogne. On verra peut-être des touristes indonésiens, mus par la même curiosité abjecte, suivre un cortège funéraire en Auvergne, caméras au poing. On propose bien des Noëls chez les Lapons, rites religieux compris dans le forfait, et les touristes affluent sur l'île de Pâques depuis que Hollywood a mis leurs dieux de pierre sur grand écran. À cet effet il a fallu des grues pour déplacer les statues afin de les faire *jouer* à la «culture» pascuane avec les autochtones enrôlés comme comédiens.

Un voyeurisme mutuel se repaît d'exotismes culturels qui composent le musée planétaire.

gigantesque hypermarché de l'ancien dont les rayons en étalent trop pour ne pas décourager le désir. En termes de chiffre d'affaires, le tourisme est devenu la première activité économique mondiale : près de cinq cents milliards de dollars par an.

Des régions, des peuples, des États ne vivent que du tourisme ; autant dire qu'ils sont voués à la domesticité, à la vigilance policière également car le mateur veut bien négocier un tapis dans un souk, ou faire l'aumône à un stropiat, il n'entend pas courir de risque physique. Il veut les temples du Nil sans les islamistes d'Assiout, les plages de la Casamance sans les indépendantistes ; il veut l'autochtone en tenue d'autochtone, mais docile et à distance respectueuse.

Ici où le tourisme demeure embryonnaire, par la grâce d'un climat qui décourage le bronzeur, et de routes qui démoralisent les boîtes de vitesses, on vend surtout de la « nature », avec quelques clochers pour la décorer.

Mais la menace de la « culture » ne laisse pas de se profiler. Quand revient l'été, *La Montagne* annonce une grêle de manifestations où l'« ancien » se dépoitraille à l'enseigne du « culturel ». La concomitance est saisissante d'une touristisation du monde et de l'irruption de ce « culturel » qui, sous couvert d'« animation », dégrade en spectacle ce que les civilisations avaient tiré de leur âme, chacune dans sa nuit, pour apercevoir un peu d'aube. Le tintamarre « culturel » orchestre leur anéantissement. On préférerait des obsèques plus décentes.

Dans son acception ethnologique, le mot « culture » recouvre l'ensemble des activités, des croyances et des mœurs d'un peuple à un moment déterminé de son histoire. On ne peut décréter une culture, encore moins la programmer. À la limite on ne la *pense* pas, on la *vit* en toute ingénuité. C'est après la mort qu'on se rend chez le notaire pour ouvrir le testament du disparu et dresser l'inventaire de ses biens.

Du temps où Bismarck enrôlait ce mot douteux au service de son nationalisme, on disait plutôt « civilisé », en France, pour qualifier la délicatesse des usages, la subtilité de l'esprit, le commerce des bons auteurs et des sciences en l'état — bref, pour définir celui qui fut l'« honnête homme », et devint l'homme « cultivé ». Prise dans ce sens, la « culture » d'un individu est presque synonyme de raffinement ; elle relève d'une éducation dite « humaniste » issue de la bourgeoisie éclairée, et qui ne lui survivra pas.

Quelque définition qu'on prête au terme, la « culture » n'est passible d'une « politique » qu'à la mode prussienne, voire stalinienne : c'est le tsar rouge, homme peu « civilisé » s'il en fut, qui créa le premier ministère de la Culture afin de verrouiller les esprits avec les clefs de son inepte catéchisme. Nos gouvernants n'ont pas d'intentions aussi noires. Leur frénésie « culturelle » repose sur la présomption d'une créativité qui sommeillerait dans chaque inconscient et posséderait des vertus libératrices. Présomption héritée du surréalisme, cohérente avec le dogme subjectiviste. Chaque ego étant un artiste potentiel, il suffit de réveiller sa part créatrice, malencontreusement *aliénée*. On instaure à cet effet des « espaces » décrétés « culturels », on y monte des « activités » qui portent le label, contrôlé par des « animateurs ». L'apparition de ce personnage fumeux — l'« animateur culturel » — aura coïncidé avec la prolétarisation du professeur, le dépérissement des modes de transmission, la dégénérescence des formes de sociabilité et la vacuité intellectuelle des élites sociales. Telle est l'« inculture » de l'ingénieur, du manager ou du technocrate que les responsables des grandes écoles ont rajouté aux programmes des aperçus de « culture générale ». Ces placebos lyophilisés rejoignent les « animations » fomentées à tout escient pour meubler le vide mental, social, moral, charnel, esthétique et spirituel. Le « culturel » est le fossoyeur du sens, le bateleur du chaos, le clown du capitalisme, son aumône aux orphelinats de l'humanisme : un pour cent du budget de l'État et quelques « journées » consenties au livre, à la musique, à la poésie, au patrimoine, comme le Moyen Âge en sacrifiait aux fous lors des carnavals. Absurdes et vaines catharsis qui n'enrayeront pas une acculturation inéluctable dont les abus à contresens du mot « culture » sont précisément les reflets.

Le refuge dans le giron de la nature devient tout aussi illusoire : elle n'échappe pas au laminoir de la muséification. Ou pas pour longtemps. C'est un *ornement* ludique et folklorique, le *décor* d'un pastoralisme, une *réserve* de verdure et non plus la matrice d'une culture. Encore moins d'une agriculture. On n'a jamais créé autant de parcs « naturels » mais les technocrates qui les conçoivent n'assignent aux survivants de la paysannerie qu'une mission d'animation touristique ou de décoration paysagiste. La Forêt-Noire et celle de Fontainebleau ont perdu leur teneur en mystère, on ne peut plus s'y égarer, tout est fléché, tout est léché, on se croirait au bois de Boulogne. Une trame de plus en plus serrée de sentiers pédestres redessine une campagne de pur agrément, les volcans dont j'aperçois les crêtes embrumées de ma fenêtre vont se convertir en parc évidemment « naturel » sous l'égide du conseil régional d'Auvergne et, dans plusieurs villages déjà, les « résidents secondaires », ayant conquis le pouvoir municipal, entrent en conflit avec les autochtones : les uns veulent de l'« ancien » esthétique (sans les odeurs), les autres des hangars fonctionnels et des chemins goudronnés. On a modifié en France les règlements électoraux, sous la pression des élus ruraux, afin de les laisser mourir avec une écharpe tricolore sur la poitrine, mais ce subterfuge se retourne contre les villages : privés du droit d'y voter, les « originaires » qui y reviennent aux vacances se désintéressent de la vie locale.

Le citadin peut encore consommer la campagne de ses imageries dans un gîte rural. On lui servira le *spectacle* rétro de la traite d'une vache, de la mise au monde d'un agneau, d'une fenaison *live*. Il reste encore assez de fermes semblables à nos jouets d'enfants pour oublier que la nature est devenue le complément, le succédané, la rémission des métastases urbaines. Elle a fait son temps économique et mythologique, elle entre dans l'ère du virtuel par les portes du ridicule avec les golfs sur écran au Japon. Tout y est : vallons, bosquets, étangs, forêts, nuées. Tout sauf la nature — mais, au fond, ce trompe-l'œil vers quoi la petite balle avance est à peine plus artificiel que les décors aperçus du train ou de la route, ou composés dans le rectangle d'un jeu vidéo : le regard citadin les associe dans la même annexe verdoyante de son imaginaire. Un haricot de plastique vert imitant parfaitement l'herbe formalise l'intersection de deux routes dans un village voisin : Alphonse Allais qui voulait transplanter les villes à la campagne n'aurait pas imaginé cette blague, même au comble de l'ivresse. Ni l'invention de robots chiens capables d'aboyer, de lécher, de quémander une caresse, ou de robots poissons qui se meuvent dans un aquarium en battant des nageoires, non sans élégance. La tendresse programmée d'un labrador virtuel : voilà, en perspective, l'éradication absolue de l'altérité dans les sentiments, annoncée par la mode des Tomagoshi.

La postérité des couples hébergés par Noé s'amenuise tragiquement; et si le nombre des humains augmente, leurs matériaux de synthèse couvrent le globe d'une chape indistincte de béton, de métal, de bitume. On ne sait plus trop sur quelle banlieue de quel continent les avions nous posent. On cherche le cœur de la ville. C'est un graal minuscule, accessible au terme d'une longue traversée des espaces sub ou péri-urbains, très au-delà de l'antique faubourg. Sont-ce encore des cœurs, ces zones piétonnes, aux immeubles réhabilités (colombages apparents), aux échoppes ornées d'enseignes gothiques, où le syndicat d'initiative organise des circuits pour exhiber l'« ancien » mur d'enceinte, l'« ancienne » tour de guet, l'« ancien » cloître de l'« ancien » prieuré ? Des édifices publics y siègent encore, du moins en Europe, autour d'une cathédrale, d'une mairie, d'un palais de justice et de la statue d'une gloire cantonale. Mais les administrations, les hôtels départementaux, les organismes consulaires rejoignent dans les périphéries les temples de l'irréligion moderne : le stade, le palais des congrès et la grande surface vers quoi affluent les célébrants le samedi, qui supplante le dimanche dans le rôle du jour pivot. Un Mammouth, des lotissements, une zone industrielle, une ZAC, des dépôts, des rotondes dites « européennes », des stations-service, des rocades, des motels, des néons criards et blafards : partout s'étalent des remakes ingrats de l'Amérique et partout la nuit citadine bruit d'une rumeur uniforme.

Affolés par les effets les plus voyants d'un processus qu'ils ne contestent pas, les écolos recyclent leur soif résiduelle de pureté dans des combats picrocholins contre les déchets nucléaires, les gaz d'échappement, les chasseurs de palombes et les projets autoroutiers. Ils voudraient un espace vital *clean* sans renoncer à la croissance. Autant imaginer l'Enfer sans le Diable. Incapables de penser une alternative au « développement », incapables même de percevoir l'horreur que recouvre la perspective admise d'un « développement » indéfini, ils bradent leur mélancolie cyclotouristique sur les marchés politiciens : la normalisation idéologique des Verts, après celle des Rouges, soulage les pouvoirs européens. Car si les écolos avaient été cohérents, c'est-à-dire hostiles au productivisme, ils auraient bousculé les chromos de la pensée politique. Ils ont signé la paix avec le système, l'ordre règne désormais sur le champ des idées et ça n'aura coûté qu'une poignée de maroquins.

Ce n'est qu'un point sur l'espace, un nom de lieu difficile à repérer sur une carte Michelin et dont l'accès exige une longue patience. Un village gris juché sur un plateau, en surplomb d'un fleuve qui serpente entre des gorges. Il se trouve en France, il pourrait être ailleurs. Son clocher figure le centre d'un monde : le mien. Avec ce clocher, et les maisons blotties autour, et la campagne qui s'étage en horizons bleutés, j'ai enluminé ma féerie villageoise sous un toit de Paris, au long d'une enfance en mal d'espaces et d'exotismes. Je me coulais sous les draps, je fermais les yeux, le profil du clocher émergeait, le bourg s'animait. Des animaux de la forêt traversaient mes rêves, nous étions frères dans l'ordre de la sauvagerie. À l'aube je croyais entendre le camion du laitier; c'était un autobus qui dévalait l'avenue Daumesnil. Au couchant je rentrais de l'école. Je rôdais dans la petite gare derrière l'immeuble noir, j'attendais le train qui me lâcherait à Loupiac-Saint-Christophe, deux minutes d'arrêt. C'était un omnibus en provenance de la Bastille, il n'allait pas plus loin que La Varenne-Saint-Hilaire.

Le bucolisme est un songe de citadin depuis l'Ambra de Laurent le Magnifique, le Liré de Du Bellay, les bergères foréziennes de l'*Astrée*, la fenaison aperçue par la Sévigné assise dans son carrosse. Les bergères autochtones ont des titres à ma gratitude et ma roture ne roule pas carrosse ; je n'en suis pas moins inexpert dans le maniement de la faux et, quand je me risquais à traire une vache, le lait hésitait à sortir du pis, la vache marquait de l'impatience. Allons, je méritais les « Parigot, tête de veau ! » dont m'accablaient les copains du village.

Une conjonction de hasards m'a collé sur le dos un label de terroir. Il me va aussi mal qu'une mitre d'évêque ou un habit d'académicien. J'ai des racines, voilà tout. Ce n'est pas une panacée. Plutôt un privilège : disposer de son intégrale poétique dans un rayon de quinze kilomètres, c'est commode. Il ne faut pas diviniser « la terre et les morts » dans le genre du dernier Barrès, qui n'était pas le meilleur. Ni idéaliser la vie rurale d'autrefois, elle était dure aux gens de peu, aux têtes brûlées et aux chimériques. Le « contrôle social » cher aux sous-préfets, c'était une présomption de Torquemada à chaque encoignure — et le mythe des fraternités villageoises est aussi creux que les édens « primitifs » conçus entre la Renaissance et le siècle des Lumières. On se hait aussi férocement dans les bourgades que dans les HLM et la loi du plus fort prévaut dans chaque maisonnée. Du temps où j'étais localier à *La Dépêche du Midi*, j'appréhendais les élections municipales qui ressuscitaient des haines tribales. C'était le scrutin des tracts vicelards et des lettres anonymes à la gendarmerie ou à la direction des impôts. En comparaison, les joutes législatives entre rouges et moins rouges paraissaient bénignes.

Après Mai 68, des babas urbains sont venus tenter de vivre au naturel parmi de présumés bons sauvages en bérets : regain tardif des utopies rousseauistes qui ont fleuri en Amérique au début du siècle dernier. À défaut d'une révolution qui se révélait problématique, on espérait filouter du bonheur en marge du système. C'était touchant et ça a fait long feu. Un village n'est pas le théâtre de verdure d'une troupe libertaire mais un labyrinthe de passions imbriquées dans de la mémoire. Sans les mots de passe de la tribu, on s'y sent en terre ennemie. En outre, les enkystements de l'esprit réputé « petit-bourgeois » dans la terminologie de l'époque ruinaient les aspirations égalitaires. Toutes les variétés de phalanstères ont achoppé sur la question du fric, du partage des femmes, de la distribution des tâches et de l'éducation des enfants. Qui réglera le loyer ? Qui fera la vaisselle ? Qui couchera avec laquelle ? Qui apprendra quoi aux enfants ? Le plus partageux répugnait à prêter sa copine. Ou sa voiture. En outre la dogmatique exigeait qu'on laissât les enfants en état de jachère, tout apprentissage étant suspect de «fascisme», à commencer par celui de la langue. En vertu de quoi les rejetons «libérés» aboyaient comme Victor de l'Aveyron, la DDASS s'en mêlait ; ou bien la mère rompait avec le dogme pour sauver le fruit de ses entrailles.

Si l'utopie alternative des babas s'est enlisée aussi vite, c'est d'abord qu'elle manquait de substance éthique. Le bonheur conçu comme refus des normes n'est pas un moteur suffisant pour affronter la froidure de l'hiver, la suspicion narquoise du paysan mitoyen, et finalement l'exiguïté du groupe. Même en chantant du Bob Dylan avec une guitare devant un feu de bois. Le monachisme sans Dieu, c'est quasi Alcatraz. Aussi la désertion était-elle inéluctable. Elle ne m'a pas réjoui : j'ai des indulgences plénières pour les barjos qui tentent d'accrocher un petit wagon de paradis au train de la réalité. Moi aussi j'ai voulu prendre congé du siècle, et si je n'étais pas d'ici j'aurais trouvé mon oasis ailleurs, il y a encore matière à poésie pour une ou deux générations entre les mailles du tissu suburbain qui s'étire sur la planète.

Le sol érigé en absolu, le repli dans les sillons d'une mère nourricière, l'exaltation ethnique ou coutumière : très peu pour moi. Mon clocher n'est pas une citadelle, juste la hampe d'une suzeraineté du cœur sur des ronces et des fougères, qui ne lèse personne. Je revendique un patriotisme strictement intime sur les arpents de mon imaginaire — une patrie aussi privée, aussi secrète, aussi peu *figurative* que les Alpes de Ramuz, la Provence de Giono, les Ardennes de Dhôtel, la Sardaigne de Grazia Deledda.

Aussi peu *régionalisante*. Le combat occitaniste de Napoléon Peyrat à la fin du siècle dernier, le Félibre de Mistral, les élans bretonnants ou basquisants des années 70 ne m'inspirent qu'une sympathie distraite. Le nom d'un terroir est un générique, libre à chacun d'y caser le village de ses ancêtres, ou de ses émois juvéniles. Qu'importe les frontières pourvu que les patries soient dociles aux injonctions de l'âme. Ce que je cherche au bord de la Hure, dans le parc de Saint-Symphorien, c'est le mystère des Frontenac, pas l'âme de la Gascogne (qui existe par ailleurs : dans la prose de Montaigne, de Montluc, sur les stades de rugby où les montagnes Pyrénées ferment l'horizon).

Ce que je retrouve à Saint-Agnan où débute le Cher, autour de l'église et des tombes qui l'entourent, ce sont les parfums d'aubépine du côté de Guermantes — toute la féerie conçue par l'enfant Proust en regardant un vitrail qui reflète nos songes enluminés de gentes dames et de châteaux fantômes.

J'en use de mon village comme Chateaubriand de Combourg, Balzac de Saché, Thomas Hardy du Wessex : autant de miroirs. Je l'aime de toutes les amours que j'y ai ébauchées, consommées, imaginées, idéalisées. D'ailleurs il est à géométrie variable ; mille clochers pointent dans mon ciel, dont un en Bourbonnais où j'ai aussi des ancêtres sous terre, et tant d'autres érigés par l'amour, la balade, la littérature. Mille girouettes tournent au gré de mes fabulations, et tous les villages que j'aime n'en forment qu'un au bout du compte — le musée de mon bucolisme, de mon provincialisme, la brocante d'une idée de bonheur liée invinciblement à l'adéquation d'un habitat patiné par le temps, du paysage qui l'encorbeille et du silence qui s'en empare quand le soleil s'est retiré derrière les toits.

Nul pétainisme : juste une pente à la quiétude proche du Bachelard psychanalyste de nos intimités domestiques. C'est une sottise parisianiste de croire que les sentiments dits « horizontaux » ont à voir avec le « fascisme », le « racisme », le nationalisme et autres *ismes* convulsifs. Ou qu'ils excluent les « verticaux ». Au contraire : permanence rime avec bienveillance. Un toit coiffé d'une cheminée, un verger dans les parages, la somnolence routinière et les souvenirs afférents sont encore l'antidote le plus sûr au totalitarisme. On peut détester les confinements ; on chercherait vainement les racines de la haine dans l'attachement à un décor stable grâce auquel un psychisme prend ses marques pour quérir un peu de repos.

Faulkner ambitionnait de résumer la dramaturgie humaine dans le « timbre-poste » de son patelin du Mississippi. J'ose placer la barre à cette altitude : un semis de maisons sur un socle de granit me tient lieu de lanterne magique. Le monde que découpe le rectangle de ma fenêtre, augmenté d'un lacis de chemins où j'ai promené diverses chimères, c'est le théâtre de toute la création, l'abrégé de la comédie humaine. C'est l'Être dans tous ses états. Tous ses « étants ».

Il se trouve que, sous le théâtre de mes dévergondages, quelques os blanchis ou effrités sont de famille, comme on dit des bijoux ; ça colore l'attachement d'une sentimentalité particulière.

Il se trouve en outre que les vents de l'Histoire y soufflent depuis plus longtemps que dans le Deep South ; ça invite à des ruminations sur la permanence et l'éphémère.

Mais, comme ces vents attisent la même braise, on reconnaît ici et là-bas le même ressassement pulsionnel : la peur, la prédation, la nidation. L'amour dans ses chapes de haine, la raison dans sa gangue de folie, la joie dans ses fourreaux de douleur et de cruauté. Les affres de la chair. La récurrence obtuse des éléments. La tragédie sanglante et vaine de ces

« ego » en guerre, en rut, en extase parfois. L'humanité se répète. La ritournelle de la vie sociale que j'ai observée en province, dans le microscope du localier, je l'ai retrouvée à l'Élysée, autour du prince. Les mêmes singeries, exactement — et au chef-lieu comme à la capitale, on ne se lasse pas de rabâcher les rôles éculés du maître et de l'esclave, avec des mises en scène a peu près invariables. Le « timbre-poste » de Faulkner est oblitérable avec toute flamme.

L'anachronisme d'un enracinement dispose moins au repli qu'à l'*inactualité*. Je me sens aussi contemporain (ou aussi peu) d'un berger chaldéen, d'un légionnaire de César, d'un copiste sous le pontificat de Grégoire VII ou d'un paysan aztèque d'avant Cortez que d'un internaute. Aussi instinctif que rationnel, et hébergeant entre autres un cerveau reptilien qui croit renouer avec sa patrie aussitôt que je me coule sous un taillis pour y chercher des cèpes. Les senteurs de l'humus, la texture des troncs que ma main caresse, les bruissements réveillent des émotions violentes et insolites. Je me sens happé par le délire du cosmos, en état de communion avec la feuille, l'insecte, la brindille, le souffle du vent, le rai de soleil filtré par les branchages. Il en résulte une sympathie pour la poésie de Whitman, les mélancolies de Cioran, les mystiques du Moyen Âge qui poétisaient, qui sensualisaient leur amour de Dieu : la « dilection », la « fruition ».

Si mes nostalgies ont fait leur miel de ce village en déshérence, c'est qu'il symbolise un passé très antérieur, un temps révolu depuis belle lurette, et d'autant plus irrémédiablement que le temps est la dîme d'une infirmité. Nostalgie d'un avant sans la souillure d'un après. Avant la domestication de la nature. Avant l'hominisation des primates (Cioran : « L'homme, une histoire de singes qui a mal tourné »). Avant la guerre des atomes, la valse des galaxies. Avant l'éparpillement de l'Être. Nostalgie de l'Un avant sa dilution dans le Multiple. Nostalgie d'un en deçà du monde qui serait (sera ?) tout simplement l'au-delà. Je ne suis pas inconsolable de la dernière pluie mais du premier « étant » ; ça minore les deuils privés que la vie nous inflige entre le dernier sac de billes avant l'adolescence et la dernière amourette avant la fracture du col du fémur en passant par la dernière paire de crampons qu'on raccroche, le dernier grand-parent qui trépasse, le dernier printemps au bureau avant la mise à la retraite, le dernier été dans ses meubles avant la maison de retraite.

Passéisme incurable ? Si l'on veut. Passéisme ordinaire. Qui ne désire secrètement que les aiguilles du temps s'immobilisent à l'heure des voluptés initiales ? La substance d'un homme, c'est le total de son passé rassemblé, condensé, cristallisé dans l'instant présent. Seules les brutes épaisses vivent le présent sans le concours d'une mémoire — et sachant ce qu'il entre de bourbeux et de tortueux dans la chimie de nos instincts, mieux vaut se méfier des nietzschéismes mal assimilés. Je ne crois aux violences du désir que dans leurs noces obscures avec l'éternité et je répudie par le fait tout fantasme du « degré zéro » ou de la « table rase ». L'instantanéisme est le dernier train avant la nuit du nihilisme. Quant à offrir son présent en pâture au devenir, autant abdiquer toute liberté, car l'avenir, personne ne le connaît. C'est le trait le plus fol de cette folle époque que d'inscrire le destin des êtres entre l'insignifiance du présent et l'inexistence du futur.

Le passé qui me porte et m'importe n'est pas l'alibi d'un conservatisme social. Rien en moi n'aspire au retour des sociétés d'ordre, et d'ailleurs l'Histoire n'a jamais délivré que des allers simples, sans signaler les escales et en changeant le terminus à chaque convoi. Je ne regrette que le Beau, le Bien, le Juste ayant filtré entre les grilles de la vilenie sociale comme du soleil entre des persiennes. Je ne valorise aucune hiérarchie, aucune « harmonie » subséquente, aucune calcification « culturelle » et Goethe m'indispose quand il affirme préférer une injustice à un désordre.

J'aime la pensée et l'art du Moyen Âge, je hais ces princes et leurs larbins qui pendaient, pillaient, dévastaient les multitudes serves. Je hais la servitude, toutes les formes de l'inquisition, toutes celles de la subordination — et cette haine, inculquée par les Évangiles, m'inspire un vif désagrément dans les dîners où l'on me prie, quand la maîtresse de maison se fait appeler « Madame », et prénomme une soubrette déguisée en soubrette. « Madame », si vous saviez combien j'ai rêvé que le hasard qui vous a fait maîtresse vous fasse un peu bonne à tout faire, au lieu que l'inversion sociale se borne dans votre cas à l'encanaillement de la Belle de jour tandis que votre mari tyrannise ses subordonnés !

Je ne porte le deuil d'aucun chef de tribu, d'aucun monarque, aristocrate ou bourgeois, mais des trésors intellectuels, esthétiques ou spirituels sécrétés par le génie humain en dépit de leur gouverne. Je porte le deuil d'une humanité patiente et souffrante, le deuil de ses espérances, le grand deuil des civilisations qui se sont succédé ou imbriquées avant de disparaître. Je ? Façon de dire. Nous le portons tous, c'est un fardeau commun, d'autant plus pesant que l'ordonnation des obsèques est solitaire, chacun inhume le cadavre de ses propres attachements.

Une pensée inactuelle tolère sans effort les concepts les plus archaïques et les syncrétismes les plus déroutants : l'esprit se fait mal voir des doctes du moment mais il vagabonde en toute licence. Il peut même aller butiner chez les contemporains. Le mien a surtout emprunté aux astrophysiciens et aux historiens de l'école des Annales : ils élargissent les perspectives. Pour le reste, mes idées viennent de tous les musées du savoir, ce sont des métisses qui font du stop aux carrefours où l'Histoire les a posées.

Quels carrefours ? Fukuyama annonce la fin de l'Histoire en démarquant la vision de Hegel : une humanité pacifiée par l'abondance et les usages démocratiques, unifiée par la technologie, vouée à l'ingestion d'objets et d'images auxquels elle n'accordera qu'une adhésion froide et ponctuelle.

Fukuyama se trompe : l'humanité n'est pacifiée que sur une portion restreinte de l'écorce terrestre, et rien ne ressemble moins à une apothéose de l'Esprit que le mercantilisme nauséeux où nous battons de l'aile. Fukuyama est un Américain, sa prospective fige une réalité qui lui agrée en extrapolant ses traits les plus saillants. L'imagination a la vue basse quand le désir se borne à thésauriser ses acquis.

Cependant il est vraisemblable que l'Histoire écrit ses derniers chapitres en Amérique du Nord, en Europe de l'Ouest et au Japon. Toutes les histoires qui ont fait l'Histoire occidentale improvisent simultanément des épilogues qui convergent. C'est la fin des âges immémoriaux où le descendant du singe disputait au règne animal une géographie périlleuse, où les tribus parlaient chacune sa langue et se différenciaient par l'habitat, la nourriture, le vêtement, la croyance, l'activité économique, rituelle, ludique et belliqueuse.

Nous touchons le terme des *diversités* : la mosaïque des cultures s'effrite et se décolore. L'aventure ouverte par l'invention des premiers alphabets, la fondation des premières cités, l'ornement des premiers tombeaux, la sédentarisation et la prédominance de l'agriculture s'achève.

De même l'aventure impulsée par le monothéisme et la raison grecque, accélérée par l'avènement de la science expérimentale, parachevée par l'idéologie technicienne, capitaliste et individualiste. L'histoire des sentiments liés au

Dieu de Moïse, aux héros d'Homère, aux idéaux platoniciens, à l'intériorité explorée par l'Antiquité tardive, aux tribulations du sujet depuis l'essor du moi jusqu'à sa chute dans l'ego a épuisé ses ressources.

L'Occident a vaincu les autres civilisations. Il n'a pas fait le détail ni dans la dentelle, il a imposé sa Raison et les peuples des cinq continents se sont mis à y croire, de force puis de gré, avec un mélange variable de douleur et de fascination.

Cette victoire, doit-on l'imputer au mythe de Prométhée ? Ou à la double nature du Christ, plus féconde que le strict matérialisme du bouddhisme, le strict idéalisme de l'hindouisme ? En tout cas, l'idée de progrès, version profane de l'attente du Messie, a favorisé l'essor d'un activisme technicien dont Ellul a montré qu'il pulvérise tous les ancrages humains pour monter en puissance. Ce n'est pas un hasard si ce philosophe essentiel, qui fut mon maître à Bordeaux, ne passe pas la rampe des pensées reçues ; la sienne s'est attachée à souligner la primauté absolue de la technique, son indifférence aux « valeurs » qu'elle décime, son impact uniforme sur les psychismes. Ça gêne aux entournures trop d'autorités qui font semblant de la croire neutre.

À cet égard, le marxisme, double héritier de Prométhée (la maîtrise de la nature) et du Christ (le prolétariat rédempteur), aura surpassé le capitalisme dans la promotion de l'idéologie technicienne : l'art soviétique l'a constamment exaltée tandis que, depuis Léger, le nôtre l'a plutôt conspuée, sans entraver pour autant sa croissance exponentielle.

La rationalité qui valide cette idéologie a supplanté toute croyance. Elle ne concède aux rituels des religions ou des traditions que des espaces marginaux. On ménage des lieux pour les cultes, on finance leur exercice, mais dans les pays « modernes » le sacré est assigné à résidence dans la sphère privée. Ou tend à l'être. Du moins le sacré qui auparavant innervait les cultures ; car la rationalité technicienne génère des sacralisations compensatoires. On divinise les choses, la nature, l'argent, l'ego, la « vie ». On ritualise dans le quotidien, spontanément, pour retrouver un peu de sublime ou d'orgiaque, un rien d'harmonie dans le bazar inesthétique, un semblant de hiérarchie dans l'atomisation des individus, une lueur de complicité dans la nuit des solitudes — ainsi les sectes, les bandes d'adolescents, les cérémoniaux des vacances, et ce festif protéiforme décrit par Muray, qui sert de défouloir.

La tolérance dont on fait l'aumône au religieux est pure commisération : le désir de surnaturel vient du fond des âges et, en attendant qu'il disparaisse, il soutient l'action des flics, du fisc et des juges. Mais ça passera, puisque c'est « dépassé ». D'aucuns vont à l'office comme d'autres s'adonnent au sport, à l'humanitaire, à la philatélie ou à la politique. On a le droit d'aimer Dieu, son propre corps, les timbres, le socialisme et autres *produits* qui valent un prix sur le marché. On a le droit de consommer du religieux. L'individu a tous les droits, à l'intérieur du cadre de la loi qui est rationnel, comme la technique. Y compris le droit à l'irrationnel, pourvu qu'il complète une rationalité dont on dénonce la roideur et la trivialité dans les enceintes du «culturel», en matière d'exorcisme. La consommation «culturelle» est un appendice anodin de la sociabilité, comme la spiritualité — et, comme elle, justiciable d'une activité privée. Ashram, concert ou expo? On a le droit de choisir le menu de son temps «libre». Plus on le meublera d'«activités», moins la liberté risquera de tourner à la dissidence effective. Plus la «culture» abondera sur les étals, moindre sera la probabilité d'une désaffection idéologique, tant il est évident qu'au sein d'une conscience baignée de spiritualité le consumérisme n'aurait pas sa place. En tout cas, pas la place d'honneur.

La sécularisation prend sa source dans la Bible, et l'histoire de l'Occident l'a rendue inéluctable. Le retour d'un ordre théocratique sous l'égide d'une tradition est impensable. Reste que l'effacement du sacré produit un tel désenchantement dans les pays dits « développés » que les gouvernants s'en inquiètent. « Tout pouvoir, écrivait Valéry, repose sur une croyance. » L'incrédulité moderne n'épargnera pas l'autorité du politique, dont les fondements sont magiques : ce sera l'effet le plus salutaire d'un phénomène inquiétant par ailleurs. Comme la notion de « développement » est devenue l'étalon universel (« Dis-moi ton PIB et je te dirai ce que tu vaux »), et comme l'impact du religieux est inversement proportionnel au niveau de « développement » (sauf aux USA), on peut imaginer, à terme, une humanité convertie au rationalisme technicien.

Donc, à un scepticisme radical. Car le credo technicien s'en tient à une idolâtrie du quantitatif : plus d'objets, plus de circulation, plus de vitesse. Plus d'argent pour acquérir plus d'objets, et conquérir plus de pouvoir (sur autrui) à proportion des zéros alignés sur un compte. L'évolution technique relègue dans le néant, par définition, l'intégralité du passé de chaque mortel, et frappe son présent d'invalidité en ne visant que des « plus » sur la ligne de fuite de l'avenir. C'est une idolâtrie si glaciale, si abstraite, si virtuelle qu'elle exige, pour s'imposer, le vertige d'une accélération permanente. Au moindre repos de l'esprit, il en mesure l'inanité, et perçoit le non-sens sous le masque du relativisme. Si une idée, une conviction, un acte, une œuvre valent le prix du marché, c'est qu'*en soi* ils ne valent rien. Si une sédition, une transgression, une exaltation, une illumination sont convertibles en autant de produits, c'est qu'elles ne riment plus avec rien. Si rien ne vaut plus rien, le culte du Néant lui-même peut souffrir une désaffection.

Où nous emmène ce processus que nous subissons, qui obéit à sa propre logique, chaque innovation de la science appliquée débouchant sur une série d'applications, chaque application exigeant de nous un recentrage épuisant ? Jusqu'à quand faudra-t-il s'*adapter* à quoi ? Au prix de quels renoncements supplémentaires ? Ces questions, personne n'ose les poser. Elles font peur. On doute que le « progrès » induit par la technique bâtisse l'avenir envisagé par Teilhard de Chardin : une humanité plus consciente, plus unie, plus spiritualisée. Plus noble. On n'a pas l'impression non plus d'approcher cette assomption de l'Esprit prophétisée par Hegel. Assomption qui d'ailleurs serait brève : l'Esprit se contemplerait, puis se dissoudrait et le monde recommencerait à tomber dans le sablier du temps, grain après grain. C'est pourtant un dérivé d'hégélianisme qui légitimise le prométhéisme technicien, et le « progressisme » par voie de conséquence.

Cependant on hésite à penser l'évolution technique « infinie » pour ne pas voir surgir le fantôme de Frankenstein. On sait pourtant qu'elle se poursuivra, sauf à imaginer une implosion du champ mental qui fait peur également. On feint de croire que l'addition des *plus* quantitatifs débouchera sur un *mieux* qualitatif. On sait bien, au fond, qu'en divinisant le mouvement l'humanité abdique son libre arbitre et renonce au pilotage de son destin. La technique n'a pas de sens et n'en aura jamais ; elle supprime des maux ou allège des peines sans avoir prise sur le Mal. Elle est aveugle autant qu'amorale, sa fin se confond avec ses moyens. Mais on sait aussi que l'Histoire ne se retournera pas comme un gant et cette évidence ajoute à l'angoisse. *Never more*, répétait le corbeau du poème d'Edgar Poe...

On perçoit le non-sens de l'accumulation des choses et de l'accélération des processus. Même les politiques, même les scientifiques conviennent qu'il vaudrait mieux du sens, tout en sachant que le sens ne se décrète pas plus que la foi, l'espérance ou l'harmonie.

Les esprits chagrins vitupèrent la marche du monde au nom d'une quiétude perdue, d'un âge d'or que l'imagination bricole dans les musées des « valeurs ». Cette nostalgie, banale autant que vaine, a ses marchands, comme le reste : tout sentiment est passible d'un négoce. Nostalgie de l'aristocratisme ? Week-end à Vienne avec Sissi et les valses de Strauss. Nostalgie des origines ? Semaine à Saint-Martin ou à l'île Maurice, avec le lagon, les cocotiers, le sable blond et le soleil qui dore les ego sur tranche. Nostalgie de l'aventure? Traversée du désert en 4 × 4, avec nomades en tenue et dromadaires affrétés par le tour operator. Nostalgie bucolique? Gîte rural en Aveyron avec poterie en option. Nostalgie des fastes et de la «distinction»? Week-end dans un «Relais et châteaux» avec lit à baldaquin pour se croire duc ou prince, menu du souper en forme de sonnet mallarméen, et sommelier décrivant les vins comme Proust les arômes. Nostalgie religieuse? Retraite en monastère. Nostalgie du «sens»? Séminaire avec un philosophe kantien, financé par le patronat ou le comité d'entreprise. Nostalgie tout court? Un CD des années de jeunesse fera l'affaire. Hier encore, j'avais vingt ans...

Les esprits positifs sont résignés. Ceux pour qui la finalité de la vie s'identifie à l'effervescence bactérienne jubilent. Ils ont le mérite de la cohérence, et l'avantage de se mouvoir dans la pensée dominante. Fut un temps où j'interviewais des intellectuels pour le compte d'un hebdomadaire. Baudrillard et Lipovetsky, deux philosophes «modernes» et fiers de l'être, m'avaient expliqué l'un et l'autre que l'homme des temps futurs se passerait de sens et vivrait de *signes*. Il oubliera le sentiment de l'absurde, qui est la nostalgie du sens perdu et mobilise encore la plupart des créateurs sur les registres de la dérision ou de l'imprécation.

Cette hypothèse n'a rien d'extravagant. L'« homme nouveau » que le communisme n'a pu accoucher, la conjonction de la technique, du scepticisme et du capitalisme y peut prétendre.

Il larguera les sens dérivés de la verticalité : sens de la sainteté, de l'héroïsme, de l'honneur, de la pureté, du regret, du devoir, du partage. Leur gratuité les disqualifiera. Comme ils sont encore ancrés dans la mémoire, le système médiatique les donnera en spectacle : on produira des ersatz de bonté et de panache dans les feuilletons, jusqu'au moment où ces aspirations deviendront incompréhensibles. Elles ne sont pas compatibles avec les « valeurs » de l'économie. Un patron compatissant ou chevaleresque menacerait le cours de son action en Bourse. La guerre économique promeut des modèles élitistes — le financier, le communicant, le manager, le lobbyiste, l'exportateur — armés d'une antimorale du racket et de la combine. Si l'humanité nantie s'avisait de mettre en pratique, tant soit peu, les valeurs prônées par toutes les religions, toutes les sagesses, toutes les philosophies, les taux de croissance chuteraient instantanément. La boulimie est indispensable au fonctionnement de l'économie « moderne ». Une pause du consumérisme, un accès de lucidité, une prise de distance et la machine imploserait. Il faut une dose énorme de bêtise pour qu'elle tourne sans trop de ratés. Les prescripteurs de cette bêtise sont partout aux commandes, ses rares pourfendeurs marginalisés, gadgétisés ou instrumentalisés. Il est vrai qu'un raté majeur dans une machinerie économique sophistiquée mais vulnérable enclencherait des impondérables en cascade propres à affoler l'esprit le moins routinier.

Aussi peut-on envisager que l'« homme nouveau » consommera jusqu'à la consommation des siècles des idoles, des idées, des émotions, des images. Des « fantasmes ». Ces choses articulées autour de la frustration sexuelle et de l'arrogance égotiste vaudront leur prix vénal sur le marché de la mode. Rien, si personne ne daigne les gober. Cher, si la demande s'affole. Personne ne risquera sa vie pour une conviction (Dieu, la patrie, la justice, la vérité). Chacun lâchera un peu de monnaie pour effacer l'ardoise de sa pitié télévisuelle (famines, génocides, séismes, etc.).

L'« homme nouveau » swinguera sa durée de vie sur le tempo d'engouements collectifs qui s'annihileront dans le galop incessant de la modernité.

Baudelaire a inventé le mot « modernité » en 1863, pour faire l'éloge de Constantin Guys, un caricaturiste de mode, en opposant l'acuité de son regard à l'académisme drapé des disciples de Meissonnier. En ce temps-là, il y avait un académisme à brocarder, celui du bourgeois voltairien, confit dans le saindoux de son positivisme. Pour Baudelaire, contempteur de l'esprit bourgeois, la revendication de la modernité s'apparentait à un défi. Elle était inséparable de la mélancolie, et justifiait un dandysme du dernier recours. « Dernier éclat d'héroïsme dans les décadences », le dandy baudelairien porte l'habit noir d'une modernité en « deuil perpétuel ». Son « moi » en loques campe dans l'éphémère avec une fierté désespérée. Autant dire que la modernité baudelairienne s'oppose foncièrement à celle dont M. Homais s'enorgueillit.

M. Homais a gagné : accolé à un évolutionnisme sommaire, le mot a été accommodé à toutes les sauces émancipatrices avant de s'échouer à la jonction de trois tabous : la souveraineté de l'ego, le scientisme technicien, le capitalisme. La modernité est devenue l'irréligion de l'individu pour qui toute attache est une entrave à sa vacuité. Article premier de son credo : le dernier cri vaut mieux que le précédent. Article second : le prochain vaudra mieux encore. C'est une condamnation perpétuelle à la peine de mort : ce qui hier portait beau doit s'abolir dans la mode d'aujourd'hui.

La modernité est une mystique de l'éphémère, un manichéisme amoral qui remplace les vieux couples « historiques » du Bien et du Mal, du Beau et du Laid, du Juste et de l'Inique par ce couple d'impuissants sans âge : le branché et le ringard. On néantise un être en le traitant de ringard, on l'expédie dans l'enfer du révolu, en deçà de tout critère d'évaluation intellectuel, esthétique ou moral. Le branché est à peine mieux loti : le spectre de la ringardisation le menace en permanence. L'affût fébrile des suiveurs de la mode, quand ils vieillissent notamment, autorise la comparaison avec la congestion des salaces bedonnants à la sortie des écoles.

La modernité est un déni de mémoire, une posture volatile : on se croit lesté parce qu'on gobe le goût du jour, sans s'apercevoir que le marketing et les médias vendent pour le compte des producteurs ce *look* ou ce *feeling* qu'ils ont eux-mêmes gobés.

La modernité est un surf sur les lames du paraître, un jerk halluciné sur les pistes de l'instant. Pas l'instant de grâce qui rassemble, commémore ou suggère. L'instant qui efface. L'éponge du néant.

La modernité est le grimage du nihilisme. À ce titre, elle a l'avenir devant soi. D'autant que ses (rares) ennemis ont le rôle du salaud dans le polar des idées : le conservateur, le « réac » ne la dénoncent qu'en raison d'allergies rétrogrades. Comment les rieurs ne seraient-ils pas du bord de la modernité ? Elle semble incarner la liberté, l'audace et la désinvolture puisqu'elle *va de l'avant*. Ses pourfendeurs font marche arrière, ils sont les satans puritains, conventionnels ou traditionalistes d'une démonologie apparemment sans faille. Le Il et le Elle d'*Hiroshima mon amour* s'autosanctifient en se proclamant « modernes », c'est-à-dire vacants. Sans arrimages. Neutres. Il et Elle sur l'esquif d'un amour brumeux et conditionnel, parties non prenantes d'une humanité qu'ils *renient*. Si le désespoir durassien nous touche autant, c'est qu'il touche le fond du périple historique des ego.

L'écrivain ne peut pas donner dans les panneaux de la modernité. S'il ne se sentait inactuel, pourquoi gâcherait-il de l'encre ? Il y a suffisamment de chroniqueurs pour relayer les idées dans le vent, les spectacles en vogue, les sentiments validés par le marché.

J'écris pour attester une condition d'exilé, rançon d'une irrégularité. J'écris en vue d'ajouter à la réalité un constat qui la dément, la dénude ou la transcende.

Tout écrivain porte la croix, ou l'étendard, de sa marginalité. Certains s'en défendent, d'autres y mettent de l'ostentation. La mienne fraternise d'instinct avec les nomades, les vagabonds, les proscrits de tout royaume, les déviants de toute norme, les hérétiques de tout dogme — ceux qui cherchent éperdument la Face de Dieu, le nombre d'or, la pierre philosophale, le Graal en marge des tribus. Dans le panthéon de mes fascinations, le Juif errant en mal de Terre promise rejoint Spartacus, les ermites, les gnostiques, les pélagiens, les Parfaits du catharisme, les kabbalistes, les quakers de Fox, les brigands de Schiller, le Taugenichts d'Eichendorff, le Loup des steppes de Hesse et tous les quichottismes, tous les rimbaldismes imaginables. J'ai de la tendresse pour les cirques ambulants, les forains, les routards, les tziganes ; de l'attirance pour les lieux de transit où l'homme semble en vacances de certitude : les gares, les ports, les comptoirs de bistrots, les motels.

Mais je sais que la marge implique la norme, et que la liberté est l'art de scier les barreaux d'une prison plutôt que d'invoquer l'abstraction d'un monde sans prison. « Le monde, écrivait encore Valéry, vaut par les extrêmes, et dure par les moyens. » Il vaut par les élans, il dure par les attaches. Il n'y a pas d'errance sans arrachement, pas de Don Quichotte sans un Sancho désespérément raisonnable. Peut-être est-on d'autant plus apte au vagabondage mental qu'on possède les anticorps de l'exil : un amour, une foi, un clocher autour duquel s'ordonne l'humble magie des souvenirs. Le drame du « moderne », c'est le mode diffus de son aliénation. Il ne sait plus quel diable pourfendre ; il ne croit pas vraiment à la malignité du punching-ball « réac » que le système lui vend comme on jette un os à un chien et qu'il s'obstine à boxer, faute de butoirs érigés en son for par une morale effective.

En tout cas, on n'est pas moderne quand on croit que l'aventure humaine a un but : l'au-delà de soi, l'envol du moi vers le Je de Buber capable d'un Tu, puis d'un Vous, avant d'atteindre les étoiles. Et on se sent plutôt seul par les temps qui courent quand on n'est pas « moderne ». Encore plus seul quand on émet des réserves de fond sur l'ordre marchand. Jadis il faisait l'objet d'une contestation. Les situationnistes, notamment, avaient compris, après Mary Shelley, Huxley, Orwell et Ellul, que l'idéologie technicienne n'est pas anodine, encore moins innocente. Seules les encycliques de Jean-Paul II relèvent cette évidence.

Les contestataires de ma génération se sont recyclés dans la couverture intellectuelle du système qu'ils vomissaient. Triste fin de parcours. Je leur reprochais d'inscrire leurs velléités révolutionnaires dans le périmètre d'un marxisme suranné et doutais que leur « Jouir sans entraves » puisse hisser le chahut à l'altitude d'une répudiation efficace. Je rêvais d'une révolution moins mimétique et moins verbeuse. Le discours ambiant manquait de fruité à mon goût ; mais, enfin, on entendait dire ici et là que la technique requiert des investissements pour progresser, que les investisseurs en veulent pour leur argent et que la rapidité du gain implique un conditionnement des psychismes. On n'ignorait pas le processus de ce conditionnement, qui manipule le désir pour en faire un besoin, comme on diffère un coït pour entretenir une tension érotique. On analysait l'exacerbation des besoins censés parachever un art de vivre «moderne». On n'osait pas trop s'en prendre à la modernité, mais on prenait l'argent pour ce que le capitalisme financier en a fait : une abstraction mégalomaniaque, une cellule cancéreuse, une toupie ivre de ses rotations. J'ai passé des nuits à élucider les maléfices du capitalisme, en compagnie de rouges ou de noirs qui préméditaient le Grand Soir. Je ne voulais pas être gouverné par des soviets, fussent-ils libertaires, mais ce différend — sérieux — ne m'empêchait pas de désirer la fin du capitalisme; et déjà je croyais apercevoir la fin de l'Histoire au bout du non-sens de la modernité.

L'Histoire reflue dans les pays riches seulement, non sans malaise car tant de deuils en si peu de temps incitent au doute, au repli, en tout cas à une saisie précautionneuse de la modernité. La grande fracture entre les héritages et la dérive posthistorique traverse chaque conscience. L'esprit a passé la frontière ; le cœur, pas encore. Pas tout à fait. Tel qui pense « virtuel » agit selon la morale de son père. Au cœur du scepticisme le plus épais se meuvent encore des ombres de croyances — Dieu, la République, l'amour, les droits de l'homme. On croit ne plus croire à rien mais on enrobe le désir d'un vieux sucre sentimental. On sort de l'Histoire en tâchant d'en laisser les portes entrouvertes. Du moins les portes de derrière, celles qui donnent sur l'intimité. On sait bien que les vents du Devenir finiront par les refermer mais on a encore besoin de nourrir quelques illusions, car les psychismes évoluent moins vite que la technique.

Ils évoluent cependant et, bientôt, dans les pays «avancés», tous les phares de l'Histoire s'éteindront, y compris dans les cœurs, y compris dans les neurones.

Ils resteront allumés plus longtemps dans nos marges banlieusardes où l'acculturation, entretenue par l'exclusion économique, aggravée dans le cas des immigrés par le sentiment d'un exil intérieur, consolide des approches et des attitudes traditionnelles. La violence qui s'y libère par vagues incontrôlables, nous la reconnaissons : c'était la nôtre, avant que le confort et le scepticisme n'aient pacifié nos mœurs. Ses laves nous brûlent encore secrètement, il s'en faudrait d'un rien parfois qu'elles ne réveillent le pire — mais nous avons pour l'exorciser le luxe de notre sensiblerie.

En voyant les peuples démunis en proie à la violence, nous croyons relire nos manuels d'histoire. CNN offre quotidiennement aux nantis le spectacle historique *live* d'Africains, de Latinos, d'Asiatiques, de Slaves se trucidant pour les miettes d'un butin économique mondialisé. Nous leur vendons des armes, c'est notre ultime contribution à la marche de l'Histoire, de plus en plus mineure car les pays de l'ancienne URSS cassent les prix. La postérité pourrait néanmoins nous le reprocher, mais nos gouvernants semblent avoir renoncé à prendre date avec la postérité, comme s'ils se doutaient qu'aucun jugement de valeur ne prévaudra après l'Histoire : point de gloire envisageable puisque le temps guillotine l'instant à mesure qu'il comparaît. Un milliard de spectateurs high-tech à la fois apathiques et frénétiques visionnent cinq milliards d'acteurs qui interprètent les récits de Tite-Live, de Joinville ou de Michelet.

L'Histoire continue de réciter ses partitions sanglantes dans le rectangle de nos écrans et nous en sommes les télévoyeurs depuis la guerre du Golfe. Caméras et satellites nous ont donné du Shakespeare mis en scène par Hollywood, quand Schwarzkopf a bombardé l'Irak avant de vendre ses mémoires à un éditeur moyennant la soulte d'un million de dollars. Avant, pendant ou après : le récit pouvait anticiper les faits, ce fut une guerre sans hasards, sans bravoure, sans combats et presque sans soldats, une pure démonstration technologique. Du moins chez les vainqueurs : le peuple irakien a encaissé les bombes « pour de vrai ». C'est fâcheux mais il faut bien des cibles pour *jouer* à la guerre, comme dans les jeux vidéo. Apparemment Schwarzkopf s'est bien amusé. Les militaires américains ont pu tester l'efficacité de leur matériel, et les diplomates les effets de leur cynisme : ils ont attisé la révolte des chiites et des Kurdes pour affaiblir Saddam Hussein puis ils les ont lâchés et Hussein s'en est occupé. Peu importe : l'opinion télévisuelle était ravie et le pétrole koweïtien coule dans les oléoducs. Happy end.

L'Histoire fait la guerre « pour de vrai » au Liberia, en Bosnie, au Congo, en Colombie, au Soudan, en Afghanistan. Les oreilles, les nez, les bras coupés en Sierra Leone par des loyalistes, des rebelles ou des soldats de l'Ecomog, on a déjà *lu* ça, c'étaient les mœurs de Sylla, de Gengis Khan et de Simon de Montfort. Mœurs « historiques », en usage au Kosovo comme en Algérie ou en Angola. Le front entre l'Érythrée et l'Éthiopie nous rappelle les tranchées de Verdun et, au large de Mogadiscio ou de Tirana, on se croirait au temps de la Peste noire, quand les capitaines des grandes compagnies ravageaient des contrées ingouvernées. La Tchétchénie rebelle du *Hadji Mourat* de Tolstoï ressuscite avec les vendettas, les trahisons, les prises d'otages, l'islam féodal, la haine des Russes. Les Valois cherchent leurs fiefs entre le lac Victoria et le fleuve Congo. Les failles imputables à la migration des Slaves, au schisme de Byzance, aux conquêtes ottomanes, au traité de Versailles sont béantes, au dam des scribes onusiens. Les siècles se télescopent : Kabila est un Malatesta moins l'amour des manuscrits ; Marcos, un émule de Bolivar. C'est l'Histoire dans ses états les plus tourmentés que Milosevic a fait resurgir dans son discours du Champ des Merles, et la bataille perdue en 1389 enfièvre les Serbes comme si c'était hier.

Ce sont les vents fous de l'Histoire qui embrasent les cervelles des irrédentistes tamouls, des indépendantistes du Timor anciennement portugais, ce sont eux encore qui incitent la Chine à étrangler le Tibet, et exacerbent les zizanies aux frontières incertaines de l'hindouisme et de l'islam.

La même Histoire bouillonne dans ces blocs d'immeubles sales des banlieues de l'Occident normalisé, à cent mètres parfois d'une zone pavillonnaire calme comme un cimetière. Résurgence terrifiante pour les Occidentaux — comme si un gisant médiéval soulevait sa pierre et se dressait sur son séant en brandissant son glaive. Le film *Les Visiteurs* noie cette frayeur dans un bain d'innocente nostalgie ; mais les quartiers maudits, quand ils s'émeuvent, avivent une hantise que le spectacle télévisuel tend à reléguer dans le virtuel : ailleurs dans l'espace, donc loin dans le temps. L'Occident réserve ses larmes humanitaires aux drames qui lui donnent l'impression de la *proximité*, comme en témoigne le langage convenu à propos des Balkans : ça se passe à deux heures d'avion. Donc, c'est intolérable, parce que l'identification, favorisée par une même couleur d'épiderme, va presque de soi. Cet enfant martyr, ce pourrait être le nôtre. Tandis que la compassion s'essouffle vite quand la victime est soudanaise par exemple : les deux millions de morts de la guerre civile n'ont empêché aucune chancellerie de dormir et les indignations n'accaparent pas les colonnes des journaux ; ça se passe à plus de deux heures d'avion.

C'est pourtant la même Histoire qui rugit ou sanglote à Medellín, dans les forêts cambodgiennes, dans le Bronx, à Brixton ou aux Minguettes.

L'histoire de nos ascendants qui conjuraient leurs épouvantes en libérant de la cruauté, avec autant de naturel qu'un escargot sécrète de la bave.

L'histoire des *diversités* ethniques, linguistiques, religieuses ou politiques, exaspérées par les volontés de puissance. D'Hésiode à Lavisse, les historiens eussent interprété aisément le conflit du Kosovo ou les tribulations variables des troupes de Savimbi. C'était leur matière : l'emprise du chef, la maîtrise du sol, l'invocation des ancêtres, la part du lion quand la gazelle est morte. Les plaisirs et les dols de la guerre, matériau premier de tous les historiens.

En revanche, notre psychologie les éberluerait. Pour tenter de nous comprendre, ils risqueraient des parallèles avec tels moments où l'Histoire a paru hésiter au bord d'un précipice. La Grèce déliquescente et vile du temps d'Épicure. L'Empire romain avant l'édit de Constantin, quand la pensée chrétienne en attente d'Augustin ne savait plus à quel platonisme se vouer. Les prémices brutales de l'âge féodal avec ces peuples venus du Nord, ardents et frustes, en quête inconsciente d'unité. Ces comparaisons n'ont pas de pertinence parce que nous *cumulons* les causes et les effets des enfantements et des agonies historiques. L'hypothèse d'une *décadence*, qui relève d'une vision cyclique, est irrecevable : la modernité ne peut pas être jaugée à l'aune des pathologies connues de la décomposition politique ou culturelle. Elle n'est ni une phase ni une aberration de la vieille aventure humaine, mais le point alpha d'une aventure tout autre. Aucune comparaison ne vaut, sinon le passage à la protohistoire, encore qu'il soit probablement intervenu avec une extrême lenteur, et selon des modalités très diverses.

À terme plus ou moins lointain, il faut envisager l'accession des peuples demeurés dans l'Histoire à l'état économique, social, mental, technologique et juridique où nous sommes rendus. Le « développement » semble irréversible. S'il détourne une part des richesses vers les pays pauvres, les castes disparaîtront en Inde, les tribalismes en Afrique, le stalinisme en Chine, en Corée du Nord, au Laos, au Vietnam et à Cuba. Le marché tolère n'importe quel régime pourvu qu'il soit ouvert ; mais l'individu qu'il fait éclore exigera l'autonomie dont nous jouissons. Les féodalités qui subsisteront, celles qui s'épanouiront n'auront d'autre assise que le contrôle des rouages économiques ; elles pourront dialoguer avec les maîtres de nos multinationales. L'exercice de leur pouvoir sera difficile : plusieurs milliards d'ego en mal d'identité, ça promet des déchirements entre les adhérences « culturelles » et les aspirations « modernes ».

Nous avons connu ça. Nos penseurs, nos artistes ont explicité la teneur des contradictions entre sacré et profane, raison et tradition, individu et groupe. Les peuples encore « historiques » affrontent ces dilemmes, avec une violence qui innerve leur créativité. Les nomades de Kemal, les *peanos* de García Marquez, les ravages de l'apartheid dans l'œuvre de Nadine Gordimer, les ambiguïtés du métissage dans celle de Naipaul, la négritude douloureuse des poèmes de Walcott : voilà les tragédies de l'Histoire, le terreau sur lequel avaient éclos en Occident des sentiments dont la saveur s'est affadie à mesure que leurs contrastes sont devenus moins brutaux. Ces écrivains sont majeurs parce que des enjeux psychologiques, sociologiques et politiques cruciaux agitent leur conscience. Nos plumes n'ont plus cette sève rouge dans leur encre, elles cherchent leur sujet dans les labyrinthes de l'intériorité et n'y trouvent qu'un désarroi finalement uniforme, ou bien des malheurs privés : la mort, la maladie, la vieillesse, la solitude. C'est d'autant plus difficile d'en faire de la littérature que la modernité ronge la substance de l'intériorité à mesure qu'elle s'efforce de se calcifier.

Pendant un temps qui sera peut-être long, peut-être bref, l'art gardera un sens en reflétant les déchirements tragiques des âmes naufragées ou violées, au plus intime de leur « culture », par la modernité. L'art poursuivra hors de l'Occident le travail du deuil que l'Occident est en train d'achever jusqu'à son terme, la réclusion dans la mélancolie.

Malgré l'énormité de la casse, on doit souhaiter à tous les peuples, à tous les êtres, l'accession à cette modernité dont les fruits nous empoisonnent. Les déshérités veulent manger, se vêtir, se loger, se soigner, alphabétiser leurs enfants, jouir de l'habeas corpus, disposer de la télévision, du téléphone et d'un lecteur de cassettes.

Ils veulent ce que nous avons en surabondance alors que nous voudrions retrouver ce qu'ils ont encore : de l'âme fraîche et du cœur au ventre. Et qu'ils perdront en se « développant ». Que cette perte nous paraisse urgente et nécessaire ajoute à notre désarroi. Tant pis pour nous : si les déshérités ne sortent pas vite du cercle de la nécessité vitale, le télescopage de leur convoitise et de leur acculturation risque de faire sauter la planète.

Rien de moins. Des armes sont en vente partout où suintent les plaies de l'humiliation, infectées par le virus de la misère, et les Occidentaux ont perdu le monopole de leur fabrication. Nous sortons de l'Histoire mais elle peut se venger de notre désertion en attisant, à l'échelle planétaire, une lutte des classes dont la violence sera très supérieure à celle des premiers âges industriels. Le capitalisme va devenir l'ennemi commun des victimes de l'évolution. On n'a pas encore pris la mesure des conséquences de la fin du communisme. Outre qu'il pourvoyait les opprimés en espérance, l'« opium du peuple » communiste procurait au capitalisme l'aubaine d'une légitimité. Staline l'a consolidée autant que le général Marshall. Vous vous jugez exploité, humilié, réifié ? Allez voir à Moscou, répliquaient non sans pertinence les idéologues de l'atlantisme. Vous êtes pour Sartre contre Aron ? C'est trop commode devant un guéridon du Flore. Allez donc réclamer la liberté, l'égalité et la fraternité chez Mao, Castro, Sékou Touré, Mengistu, Pol Pot, Hodja ou Ceaucescu ?

Le capitalisme était irrécusable quand il s'opposait au communisme. Mieux valait être prolétaire dans le Kentucky qu'en Sibérie : de ce constat de bon sens, nié par deux générations d'intellectuels parisiens, mais aveuglant pour le reste de l'humanité, le capitalisme a tiré une rente « morale » justifiée, bien que la morale ne soit pas son affaire. Je ne regrette pas d'avoir été un anticommuniste aronien primaire, viscéral, secondaire et réfléchi quand Brejnev plantait ses drapeaux rouge sang partout sur le globe. Ma liberté, ma dissidence, mon anarchisme, le Pentagone les garantissait avec sa guirlande de missiles autour de l'empire des Soviets. Voilà pourquoi j'étais solidaire de la « droite », non sans malaise car l'anticommunisme a couvert une diplomatie yankee tellement calamiteuse qu'elle eût suffi à expliquer la survie des régimes marxistes.

Le capitalisme désormais n'a plus d'ennemis repérables. Les dirigeants chinois se sont convertis au libéralisme dans sa version la plus débridée et les intellectuels occidentaux « de gauche » prêtent serment sur les tables de la loi monétariste. Le moindre réflexe un peu keynésien vous fait passer pour un beauf populiste ou un stalinien attardé ; McCarthy et la *Pravda* n'étaient pas moins nuancés.

Le capitalisme se croit invulnérable. Il a tort. L'ennemi peut surgir de partout, dans un désordre dont le terrorisme n'est qu'un prélude. Le capitalisme sacrifiera trop de peuples, et provoquera trop de frustrations dans les classes moyennes des pays riches. Si s'enracine le sentiment de précarité et d'inutilité dont elles sont déjà la proie, la révolution peut redevenir une idée neuve. Quitte à déserter l'Histoire, pourquoi ne pas y mettre le feu, de concert avec ceux qui échouent à y entrer ? Une émeute planétaire peut enrôler tous ceux qui ont un motif de s'opposer à la logique du marché mondialisé : une croyance, une patrie, une tradition, un dégoût et surtout le dénuement.

Il faut être un peu marxien pour comprendre les ressorts du capitalisme contemporain. L'utopie communiste n'était qu'une perversion du christianisme. Partout où ils ont régné, les émules de Marx ont imposé l'horreur totalitaire. Marx avait tort d'opposer à l'idéalisme hégélien un matérialisme sommaire; il a méconnu les ambiguïtés du désir humain, qui est pervers et mimétique. Marx était un piètre psychologue, captif du scientisme de son temps, du romantisme aussi. Il s'est trompé lourdement en assignant au prolétariat industriel la mission de sauver l'humanité.

Mais ses analyses des rapports de production, de l'accumulation du capital, de la baisse tendancielle du taux de profit ne sont pas périmées. La lutte des classes reste un moteur essentiel de la vie sociale. La concentration des entreprises, les investissements du grand capital dans les zones où le salariat est proche de l'esclavage, l'armée de réserve des chômeurs pour réguler les coûts salariaux, l'avidité croissante des actionnaires, la soumission des États, la prolétarisation des enseignants, des professions libérales, des commerçants, des artisans et des petits entrepreneurs sont des réalités vérifiables.

L'habillage idéologique du capital, comment ne pas le lire dans la glose des éditorialistes et des technocrates ? C'est la raison économique érigée en dogme intangible par les nouveaux « chiens de garde » afin de tenir les classes moyennes en laisse. Raison qui se croit raisonnable, parce que adossée au réalisme le plus vulgaire : le monde est ce qu'il est, on ne peut qu'étayer ses lignes de force. De fait, à l'intérieur d'une logique esclave du *fatum*, le moyen le plus court de gouverner les hommes est de les définir comme des agents économiques ; dès lors émerge le plus fortuné, le plus avide, le plus combinard, on le décrète « élite » et on fait sa politique.

Une société se qualifie sans le savoir. La nôtre a mis le « marché du travail » dans son langage courant, et implanté une « direction des ressources humaines » dans chaque grande entreprise. Le DRH « gère » de l'humain comme son collègue de la production gère des stocks, son collègue financier des capitaux, son collègue commercial les psychismes des consommateurs avec le marketing.

Personne ne risque une théorie *critique* d'un système qui étale aussi impudemment son inhumanité. On se borne à en déplorer les prétendus dysfonctionnements : la valse des capitaux et des cours qui d'ailleurs pénalise surtout les pays pauvres. Tôt ou tard les fonds de pension reviennent en Occident, après avoir risqué une mise en Asie, en Russie ou en Amérique latine, dans ces pays dits « émergents » où une camarilla de nouveaux riches avait su attirer le fric des vrais riches.

Le capitalisme n'a aucune intention finale, c'est en toute inconscience qu'il nous conduit au *Brave New World* de Huxley : des automates décérébrés par des laborantins, des communicants et des animateurs, titubant entre inertie et hystérie au gré de stimuli de plus en plus sophistiqués.

Les maîtres du système ne sont pas machiavéliques, du moins pas sur le fond : ils croient sincèrement, comme Fukuyama, à la pérennité bienfaisante de l'ordre marchand, misée sur le double pari antipascalien des libéraux : la vénalité est un mobile inusable, l'abondance, un anesthésiant radical. C'est jouer l'humain à la baisse mais pour le moment ça gagne à tous les coups. Reste à savoir jusqu'à quand.

Il en va du libéralisme comme de la culture ou de la modernité : la connotation a varié dans le temps. Le libéralisme tel qu'on le prônait dans l'Angleterre du XVIIIe siècle, celui de Montesquieu, de Smith et de Jefferson, a favorisé une émancipation louable de l'individu. Des physiocrates à Turgot puis de Tocqueville à Raymond Aron, s'est affirmée en France une tradition de tolérance dont l'orléanisme politique ne résume pas les bienfaits. On disait « libéral » pour qualifier l'ouverture d'esprit, le respect d'autrui et même la générosité. Libéraux, nous le sommes tous, s'il s'agit d'affirmer que, sur un espace économique déterminé, le marché produit mieux, plus vite et à moindre coût qu'une bureaucratie. Le socialisme n'aura été qu'une bouture inefficace du capitalisme, et il a fabriqué la même aliénation que les lois de la jungle. C'est la macro-économie qui doit leur échapper, surtout pas la micro-économie. Laissons l'agriculteur, l'artisan, l'entrepreneur d'une PME produire et vendre sur des micromarchés régulés. Protégeons-les, protégeons-nous des géants multinationaux ou étatiques, solidaires d'une même volonté de puissance, cogérants d'une même société de fonctionnaires. Au nombre de mes ambivalences, je dois compter un attachement au bien public fortement modulé par un tempérament d'homme du « privé » : je suis trop français pour vénérer l'État en ignorant ses rigidités kafkaïennes.

Mais l'appât du gain et la volonté de puissance sont des pathologies banales de l'ego. Le politique doit en prendre acte ; il se doit de placer plus haut la barre de l'organisation sociale sans trancher entre réalisme et utopie : il faut les deux pour faire un monde tolérable. Le marché est un régisseur ; les libéraux en font un maître de ballet. L'économie est la dimension *inférieure* de la créativité humaine ; les libéraux en font sa fin dernière, consignant le politique dans les rôles subalternes de commis à l'exportation, de commissaire aux saintes lois de la concurrence et de vigile de l'ordre paranoïaque commandité par un Georges Soros, un Bill Gates, ou un Ted Turner.

Alors qu'il lui incombe, non seulement de protéger le salarié et le consommateur, mais d'imposer un cadre moral à la production des biens, matériels et immatériels. Une morale d'essence supérieure aux intérêts et aux désirs. Les intérêts sont contrôlés par les détenteurs de capitaux, les désirs manipulés par leurs fondés de pouvoir commerciaux et médiatiques. Les intérêts n'ont d'autre but que de croître le plus vite possible : apothéose du quantitatif. Les désirs manipulables relèvent tous de l'hypertrophie de l'ego et de l'exacerbation érotique ; moi plus riche que l'autre, moi « baisant » l'autre (double sens du mot : posséder par la chair, flouer ou spolier).

La vocation du politique consiste à décréter, contre les intérêts, contre les désirs, donc contre les *opinions sondées*, quel produit est utile à l'humanité, quel est futile, quel est malfaisant. En conséquence, son action doit viser à une pédagogie. S'il n'inculque à l'école le Beau, le Bien et le Juste, s'il ne prône le sens de l'honneur, de l'héritage et de la fraternité, s'il se borne à soudoyer une opinion foncièrement putassière et à insérer des masses dans les circuits économiques, comme on insère des disquettes dans les ordinateurs, les lois de la jungle prévaudront dans les esprits : il faudra beaucoup de flics pour empêcher les non-citoyens de voler, de violer, de tuer.

Car l'économie sans balises ne peut être pour les ego *bruts* que l'école de la prédation et de la négation d'autrui. Les jeunes qui zonent dans les banlieues des villes riches ont retenu la leçon : *only the strong survives*, l'homme sans fric et sans emploi est une épluchure. Comme ils n'ont pas de fric, et pas d'emploi, mais autant de dignité que les « acteurs » économiques, autant d'avidités aussi, ils brûlent des voitures, dealent de la came, harcèlent les flics et se réfugient dans la haine. L'économie n'est acceptable que si ses agents répriment leur avidité biologique par référence, par révérence à un modèle politiquement valorisé.

Le saint, le sage, le prêtre, le chevalier, le gentilhomme, l'artiste, l'honnête homme, le savant, le chercheur d'or, le missionnaire, le révolutionnaire : autant de modèles qui sublimaient l'universelle voracité des ego. Ils reposent tous dans le musée planétaire et, si on daigne les admirer, nul ne peut s'en inspirer : ils misaient leur vie au casino de leur *idéal*, et disaient banco à chaque levée, attitude pathologique selon les canons de notre hygiénisme. Quand le modèle est le raider, le golden boy, le publicitaire ou le pitre télévisuel, quand la réussite s'autolégitime, le mimétisme fabrique des fauves. Quand le pauvre ne croit qu'à la loi des riches, la légitimité du riche disparaît, il faut qu'il se claquemure. Les rares fois où un milliardaire m'a invité chez lui, la sophistication du système de sécurité m'a indisposé, je me sentais en prison. Lui aussi, mais il ne pouvait pas se l'avouer.

Dans les sociétés d'ordres ou de castes, l'inégalité avait des fondements religieux. Ils ont disparu en Occident, ils disparaîtront ailleurs, et personne ne les regrettera. La bourgeoisie industrielle a inventé la méritocratie pour enraciner ses privilèges. Les officiers de Bonaparte puis les boursiers de Ferry ont inauguré un moment historique, bref en définitive, marqué par des opportunités (limitées) de promotion sociale. Mais le « mérite » attesté par un parchemin a perdu son crédit quand la bourgeoisie en panne de mission a cédé le pas à la nouvelle caste dirigeante. Le moins qu'on puisse dire des parvenus contemporains, fussent-ils diplômés jusqu'à la garde, est qu'ils n'ont pas de projet historique. L'argent seul les distingue et, comme l'argent ne sera jamais légitime, ils seront fatalement la cible de jacqueries.

Paradoxalement, les moyens nouveaux de communication hâteront la propagation des révoltes : l'internet a aidé les étudiants indonésiens à chasser Suharto (soutenu par les pouvoirs occidentaux pendant trois décennies), comme la radio a aidé de Gaulle (et Hitler : ambivalence de la technique), comme la télévision a aidé les satellites de la Russie à se débarrasser des gérontes staliniens (ménagés par les mêmes pouvoirs occidentaux pendant quatre décennies).

Chaque nuit je vais marcher sur une route, toujours la même, et je traverse la place inanimée où la lueur rouge de la lampe du saint sacrement ne se reflète plus comme avant sur les vitraux de l'église. Dommage : j'aimais bien ce clin d'œil discret de l'invisible. Autant que j'en sache, on a électrifié la lampe. Encore une malice du progrès, bénigne en l'occurrence.

Des lueurs bleutées bougent derrière chaque fenêtre : les gens regardent la télévision. Avant, ils regardaient le feu en commentant un monde réduit aux acquêts du voisinage. L'autre monde s'était entrouvert avec l'émigration et la conscription. Puis refermé sur les bisbilles paroissiales. La télévision contresigne l'acte de décès de la conscience locale. On sait qu'au-delà du plateau, du chef-lieu, des frontières, existe un monde qui n'est pas une fabulation de Jules Verne. On sait qu'il fait le tour d'une mappemonde, comme du canton précédemment. Tel paysan n'a pas roulé sa bosse au-delà de Brive mais son petit-fils fait son MBA aux USA, son VSN au Cameroun. La conscience de l'unité de la nature humaine, et d'une parenté des destins, ruine peu à peu la prééminence des instincts du terrier. Tous mes griefs contre les débilités du petit écran achoppent sur cet acquis immense, dont on peut le créditer, au moins partiellement : l'enracinement n'est plus une réclusion.

Accélérée par la globalisation des échanges et des circuits de communication, la *délocalisation* des consciences tranche les liens entre pouvoir et territoire. Même ici, ils se distendent. La IIIe République avait implanté autour de chaque clocher un officier de paix, un maître d'école, un chef de gare, un percepteur et un facteur. Outre la concurrence du curé, l'éminence de ces personnages était tempérée par l'autorité du notable : médecin, notaire, industriel émargé de la bourgeoisie foncière. Leur emprise aura duré moins longtemps que celle des noblaillons d'antan mais, en voyant dans la campagne cette pléthore de gares bocagères et d'écoles-mairies sur la façade desquelles figure la devise républicaine, on mesure l'œuvre réalisée en moins d'un demi-siècle par des politiques armés de convictions effectives, sans commune mesure avec le baratin incantatoire sur les « valeurs », la « citoyenneté », la responsabilité, l'« éthique » et autres cadavres du kantisme.

Il n'y a plus de notable sur le plateau ni dans

aucun de nos «pays». Plus de pouvoir à visage humain opposable à celui du commentateur dans le poste de télévision. Plus de référent social et plus d'encadrement visible, sauf le maire (en déclin), le gendarme (sans moyens) et le directeur du bureau de Crédit agricole (soumis à des directives impitoyables).

Le pouvoir a décampé. L'architecture politique n'est plus assise sur une géographie et le siège de l'usine locale est souvent à l'autre bout du pays, ou du monde, son directeur n'a pas licence d'embaucher, il est moins notable que rouage. Le recours vient encore d'un parlementaire qui pérennise le clientélisme bonhomme du père Queuille en tirant les sonnettes des ministères. Mais son pouvoir d'intervention décline aussi : la loi se fait à Bruxelles et l'actionnariat d'une entreprise n'a cure des politiques, il veut du rendement. Si les bourgeoises du chef-lieu prient encore à dîner le préfet ou le député du coin, c'est pur anachronisme.

Angoulême, Sancerre, Guérande ont changé depuis Balzac, et les «mutations s'accélèrent», comme disent les petits énarques bien mis et policés qu'on envoie dans les sous-préfectures en guise d'épreuve initiatique. Le Plassans de Zola, le Bazadais de *Thérèse Desqueyroux*, la Corrèze de Chirac : clichés sépia d'une province qui égrenait des hameaux autour d'une bourgade, des villes moyennes autour d'une métropole, avec en point de mire la capitale mirifique vers quoi convergeaient les rêves des ambitieux, les rapports des préfets et les bovarysmes des épouses de médecins. L'Un parisien et les Multiples provinciaux participaient d'une même architecture cartésienne incarnée par le Maire, le Préfet, le Député, couronnée dans les directions des ministères. Dix siècles de monarchie, enrichis du centralisme des jacobins, de Bonaparte, des radsocs de la Troisième, des ingénieurs de la Quatrième et des énarques de la Cinquième, avaient quadrillé l'espace mental, disposant les esprits à une approche sectorielle des problèmes : un lieu, un dysfonctionnement à résoudre, une technicité adéquate. La solution résidait dans la synthèse. Ainsi a-t-on formé les énarques. La structure pyramidale s'étant effondrée, ils sont devenus inopérants. Comme les politiques. Comme l'administration. La pensée analytique et synthétique sort elle aussi de l'Histoire au profit d'un mode de raisonnement calqué sur celui des ordinateurs, qui progressera par sauts de puce sans avoir recours à la mémoire.

L'attachement au pays tourne insensiblement à la nostalgie. Même si on y vit. On est encore de quelque part. On le sera de moins en moins à mesure de l'urbanisation et on voit apparaître une génération entichée de son coin de bitume : une banlieue, un quartier. La campagne fait souvent peur aux jeunes citadins dont les parents ont des liens de plus en plus lâches avec le village, voire la ville moyenne de leurs origines. L'instinct du territoire perdurera; on peut le satisfaire avec un bloc d'immeubles, un centre commercial, une brasserie d'habitués. Mais les ancrages n'auront plus le même sens, les attachements seront mentaux, les patriotismes relatifs, les familles volatiles. Le couple que formaient l'intimité et l'altérité prendra un tour plus brutal. L'étranger, ce sera le pauvre pour le riche, le Noir pour le Blanc, le vieux pour le jeune, le chrétien pour le musulman et peut-être la femme pour l'homme. L'essor des réseaux, la vogue des maçonneries annoncent des replis claniques. L'avenir prévisible est aux connexions, aux bandes soudées par l'intérêt, la rancœur, l'appartenance religieuse ou ethnique.

À cet égard, la Chine est admirablement armée pour affronter un capitalisme planétaire qui favorisera les réseaux. Aucun n'est plus efficace que ces familles dont la souche est dans quelque province, le tronc à Pékin ou à Taiwan, les branches à Singapour, à Djakarta, à San Francisco ou à Londres. On peut prévoir que la puissance économique ira sur les aires où la famille étale ses ramifications : le monde actif sera *diasporesque*.

La nuit distribue ses ombres autour d'un lambeau de conscience étourdi par le grésillement du silence. « Moi », si l'on veut. Un « moi » détaché de soi, un tremblement, un froncement de l'Être en prise avec l'infini. « Moi » vacillant comme la flamme d'une chandelle, plus glorieux néanmoins que les immensités stellaires. Après tout, je ne vois que les étoiles d'une galaxie alors que je pense l'au-delà de la totalité des galaxies. À l'inverse des romantiques, qui éprouvaient leur chétivité dans l'océan du cosmos, j'incline comme saint Augustin à trouver le monde des astrophysiciens trop exigu pour combler mes fringales de grand large. Trop « terroir ». Et les « comment ? » des savants amusent ma curiosité, sans plus. « Inutile et incertain », disait Pascal de Descartes. L'ordre équivoque qu'ils décryptent dans le cosmos, dans le jeu des particules et dans le fonctionnement du cerveau, à quoi rime-t-il ? Avec quoi ? Voilà ce qui m'obsède. Pas question de vénérer cet ordre, de m'y soumettre ou de m'y abîmer comme m'y invitent les sages hindous et bouddhistes, les stoïciens et Épicure, le panthéisme de Spinoza, l'immanentisme de Nietzsche ou de Heidegger. Impossible d'y lire le dessein de Dieu. Le monde est « informé », soit. Ordonné, je peux l'admettre. Mais cet ordre, je le récuse. Entre le néant et l'éternité, il y a ce pullulement d'atomes qui se font une guerre de chaque instant. Et qui meurent. Le monde est en état de guerre depuis le big-bang présumé — guerre sans merci, il suffit de mettre l'œil dans un microscope, ou un télescope. Le cosmos en furie produit du meurtre incessamment et nos corps sont l'abrégé d'un carnage sans fin. Pas question d'avaliser ces tueries : Dieu est en moi comme Antigone au royaume de son oncle, une dénégation de la machine infernale, une incitation à la subvertir.

Des lumières clignotantes traversent le ciel de loin en loin. Ce sont des avions. Selon le vent j'entends ou pas le bruit du réacteur. S'ils vont vers le sud, je les vois atterrir en Afrique, dans l'aube tiède, et les senteurs me reviennent de là-bas.

Les peuples ont-ils tous un imaginaire qui s'évade aux quatre points cardinaux ? L'Orient de Loti, quel est son équivalent chez un Oriental ? Quel Septentrion pour un Mexicain ? Le nôtre est redevable à la légende arthurienne, c'est la part de celtitude soustraite à la romanité.

Quel est le Sud profond d'un Irlandais ? La France peut-être. Ou rien. Le mien est changeant, comme les clochers de la doulce France, il a son versant italien et ses châteaux en Espagne, mais ses confins sont aux Afriques, et j'en sais la raison, lourde d'ambiguïtés : ce continent de tous les malheurs détient les secrets d'une *altérité* qui nous fait défaut. Le temps n'y tranche pas, il ne coule pas non plus. Il bruit. L'émotion y prend ses aises, elle n'a pas peur de s'évaporer.

Un sens primordial éclaire l'instant et le dilate en un lyrisme qui vient du corps, des éléments, d'un passé non échu ; et qui enfante partout une poésie.

« La raison est hellène, l'émotion nègre », a écrit Senghor. L'Afrique a sa logique, qui n'est pas rationnelle, et produit entre autres miracles une sociabilité dont ne sont exclus ni les enfants, ni les déments, ni les vieux, ni les morts.

Évidemment, l'altérité qui m'enchante, les Africains n'en ont cure. Ils convoitent comme tous les peuples de la Terre les attributs du « développement » et souffrent de la gabegie qui les enlise et les humilie. Ils ont cherché d'autres modèles que la démocratie et ça n'a engendré que des tyrannies. Ils se résignent à entrer dans le jeu du capitalisme et ça les marginalise. Le découpage de la planète en États-nations les handicape et les mutile. Comment « développer » ce continent, et le pacifier, sans qu'il y perde trop vite son âme et ne devienne pour très longtemps le Lumpenproletariat de la planète ?

J'ai rêvé, à fonds perdus, d'un métissage politique entre la France et ses anciennes possessions africaines qui effacerait les séquelles du colonialisme en instaurant un partenariat aussi étroit que celui de l'Union européenne, avec des contours institutionnels appropriés. Donc, inédits.

C'était une utopie. Elle eût permis à la France de décrocher moins brutalement de l'Histoire, et aux pays africains d'y entrer par la porte d'honneur. Il eût suffi de multiplier par quelques unités le montant d'une aide qui, faute de vision politique, s'évapore au soleil ou remonte illico vers les banques suisses. Avec les pays francophones du Nord, nous eussions participé à l'invention d'un modèle où le respect de l'État de droit s'inscrirait dans les incontournables réalités ethniques. Incontournables et fécondes si l'ethnie dominante accepte le partage.

Ainsi la France eût-elle légitimé ses penchants universalistes, assuré son rayonnement et procuré à sa jeunesse un horizon plus vaste que le pré carré européen. Elle a perdu son goût pour l'utopie, et nos politiques n'ont aucune attirance pour l'Afrique. L'idée d'y risquer de l'argent, de l'affectivité et de la crédibilité les épouvante. L'Afrique francophone n'est que l'alpha poussiéreux et malodorant d'une carrière diplomatique dont les oméga sont à Bonn, à Bruxelles, à Washington, à New York, à Tokyo et à Londres.

L'avion a disparu, les étoiles scintillent. Adieu, l'Afrique... Si la lune est pleine, je vois sur les prairies des vaches qui somnolent. Quel regret ruminent-elles ? Il y a dans l'œil de certains animaux une tristesse insondable qui pourrait bien refléter le souvenir d'un autre monde. À quelles calendes remonte-t-il ? Heidegger niait que les animaux eussent un monde. Je crois qu'il se trompait. En dépit de certaines divergences, je sais gré à Luther et aux théologiens orthodoxes d'avoir admis les animaux dans un coin de leur Paradis.

En reviendraient-ils ? Il semblerait que l'onde infime de leur conscience ait transité ailleurs. C'est-à-dire : autrement. Le regard du tigre derrière ses barreaux atteste un désespoir que je lis dans celui de mon chien dès lors que ses instincts cessent de l'en divertir. Comme s'ils portaient le deuil de l'*inexistence*.

Ce deuil, j'en revendique ma part ; c'est en frère d'infortune que je vais contempler dans les zoos les abrégés pathétiques de l'arche de Noé, en préméditant une ouverture des grilles qui n'est pas sans rapport avec mes songeries révolutionnaires : nous serions enfin tous libres…

Ciel limpide. Soleil blanc. Les arbres bruissent, les oiseaux piaillent, les mouches bourdonnent ; j'entends aussi le tintement grêle des clochettes suspendues au cou des vaches.

C'est un matin de grâce, le reflet d'une béatitude dont la fragilité m'accable. Quand le bonheur s'enivre, on peut croire qu'il est sa propre fin. Quand il plaque ses harmonies apolliniennes dans un décor lamartinien, on sent qu'il est un préalable. Il prescrit une quête en même temps qu'il sonne des glas. La tristesse du bonheur, voilà ce qu'on apprend de moins futile au long d'une escale sur cette planète. Il nous déroute en faisant son miel avec des bribes de malheur infusées dans le souvenir. Montaigne : « La profonde joye a plus de sévérité que de gayeté ; l'extrême et plein contentement, plus de rassis que d'enjoué... »

Le vent se lève, le cerisier s'émeut. Ses feuilles commencent à jaunir. C'est la fin d'un été, le village retrouve sa langueur. Les heures qui tombent du clocher noient le cœur d'une mélancolie familière. Encore la mélancolie. Encore la fin d'une histoire sans majuscule. Encore un deuil mineur en ajout des brimades que nous inflige l'Histoire à majuscule.

Une buse plane dans l'azur. Je tergiverse entre deux désirs : l'oubli de soi, la fugue du « moi ». C'est un dilemme qui revient chaque automne, et chaque fois que le vol d'une buse traverse mon horizon. À vingt ans déjà je doutais s'il fallait prendre le siècle à bras-le-corps, ou prendre de la poésie sur ses terres d'élection, au plus près d'un cimetière de campagne.

Le drame d'un écrivain français est de se croire un peu missionnaire. Entre le Voltaire de l'affaire Calas et le dernier Sartre juché sur son tonneau à Billancourt, ou le dernier Mauriac du « Bloc-notes », en passant par le Zola de l'affaire Dreyfus, une figure assez héroïque de l'écrivain a pris le relais du philosophe antique, du prêtre en chaire, puis de l'humaniste. Il s'est voulu thaumaturge, augure, moralisateur. Il a exercé ces sacerdoces avec des fortunes inégales. L'engagisme a fourvoyé tant d'écrivains que notre mise au rancart n'est pas imméritée. Flaubert, du Camp, Zola ont écrit des insanités sur les communards, Barrès sur les juifs ; et le fascisme plus ou moins larvé d'un Drieu, d'un Rebatet, d'un Brasillach (j'en oublie), équilibre dans la pathologie du ressentiment le stalinisme plus ou moins avoué d'un Aragon, d'un Éluard, d'un Vailland (j'en oublie). À ceci près que les collabos ont payé, alors que les staliniens ont négocié leur repentance.

Nous traînons le regret d'un âge d'or où un « J'accuse » bien troussé faisait trembler un régime. Embusqué derrière le petit écran, le faiseur d'opinion n'a ni le goût ni les moyens d'exhorter à l'insoumission : il reflète une modernité qui lui prête un paraître dont la durée ne dépend pas de lui mais de son employeur. Qu'il soit seulement locataire de sa notoriété, c'est notre consolation. L'animateur, le présentateur, le commentateur les plus adulés sont promis à l'oubli alors qu'on cite encore, dans le *Lagarde et Michard*, des rimeurs vieux de plusieurs siècles. J'ai vu des roses fraîches sur la tombe de Rimbaud à Charleville, sur celle de Musset au Père-Lachaise — et un bouquet sur celle de Barbey d'Aurevilly, contre les douves du château de Saint-Sauveur. On en verra moins longtemps à l'entrée du tunnel de l'Alma où s'est tuée la princesse Diana.

Triste réconfort ! Il n'y a plus de rôle pour l'écrivain sur les acropoles télévisuelles, plus de colonnes dans les journaux, et plus aucun livre n'enflamme durablement des cœurs juvéniles. Les magnats et les politiques nous font encore l'aumône d'un rond de serviette en bout de table : l'adjuvant « culturel » d'un dîner bien construit. Qui s'en satisferait ? Il en va de l'écrivain français comme de son pays, ils se sont vus trop grands pour se résigner sans douleur à l'insignifiance. Écrire est peut-être un métier pour un Anglo-Saxon. Pour nous, comme pour les Latins, les Arabes ou les Slaves, c'est une passion, ludique ou maléfique — en tout cas une raison d'être. Nos plumes se veulent autant de glaives.

Reste à trouver la cause. Ciel, amour, liberté ? Ce sera toujours l'abrégé du programme, mais gare aux dérapages ! Ma génération porte avec une certaine gêne le deuil d'une utopie qui a fort mal tourné. Il y a trente ans, mes copains de fac ou de bistrot étaient tous « de gauche ». Tous les livres, tous les films, toutes les musiques en vogue procédaient de cette « gauche ». Tout concept en émanait, tout activisme s'y référait, ainsi que toute utopie. Dans les hautes sphères de la cogitation, vers la fin des années 60, on était crypto-marxiste comme on était chrétien et aristotélicien sous Saint Louis, déiste sous Louis XVI, libre penseur sous le petit père Combes, gaulliste à la Libération. Les plus timorés revendiquaient un socialisme à la suédoise mais il fallait absolument être « de gauche » pour valider une contestation. On dénonçait l'ordre marchand avec Lefebvre, l'ordre spectaculaire avec Debord, l'ordre pédagogique avec Illich, l'ordre sexuel avec Reich, l'ordre unidimensionnel avec Marcuse, l'ordre conceptuel avec Derrida, l'ordre littéraire avec Barthes ou Genette.

Rétif à cette dogmatique, j'étais condamné au repli dans la sphère privée. L'Histoire ne m'a pas donné tort, mais avoir raison dans son coin, ça ne sert de rien et ça pèse à la longue. Puisque je n'étais pas « de gauche », il fallait que je fusse « de droite ». Mauvais cas pour la drague en milieu estudiantin. Il fallait biaiser pour glisser sous une couette une minette féministe et gauchiste ; et plus encore pour lui nouer un tablier sur les hanches.

Le mot droite rameutait les clichés de la bêtise, de la vénalité, de l'agressivité. « De droite », le cafetier poujadisant, le patron à cigare, le flic à matraque, le notaire véreux, le rentier pansu, le boursicoteur, la mémère à caniche de l'avenue Poincaré. « De droite » le nostalgique du mandarinat, du colonialisme et des mariées notoirement vierges.

Il y avait dans ce manichéisme un fond de vérité qui ne m'échappait pas. L'existence de la lutte des classes ne faisait aucun doute à mes yeux et ma sympathie allait nettement aux prolétaires, c'est le moins qu'on puisse attendre d'une culture catholique. Elle allait aux peuples désireux de s'émanciper, aux idées susceptibles de démystifier les arnaques du consumérisme.

Mon diagnostic était proche de celui de la « gauche », mais j'envisageais différemment la pathologie et je trouvais ses thérapies aberrantes. Comment expliquer ce qui nous séparait, eux et moi? Eux: la pensée dominante. Moi: clampin solitaire puisque «de droite», mais plus foncièrement anar que les contrôleurs de l'appellation, plus iconoclaste que les marxistes. Plus révolutionnaire d'une certaine façon car la pensée «moderne» que je révoquais en doute était admise par la droite «officielle» autant que par la gauche.

Étais-je vraiment «de droite»? J'en doutais en voyant les vieillards de vingt ans dûment cravatés des partis de gouvernement affûter leurs crocs à l'ENA en vue d'une carrière, avec un bagage idéologique réduit aux acquêts de l'anticommunisme. Ces Rubempré sans l'ambition initiale de poète n'étaient pas fréquentables. Aucune envie de cautionner l'emprise d'une classe dirigeante, identifiée abusivement à la «bourgeoisie» par la critique de «gauche». Étaient-ils «de droite», ces personnages du *Bonjour tristesse* de Sagan, puis des *Choses* de Perec croqués merveilleusement par le crayon de Sempé? Ils étaient «modernes» et faisaient leur beurre.

Les droites estampillées sur le marché — libéralisme, fascisme — m'inspiraient autant d'allergie qu'à mes copains de gauche. Mais le lyrisme, la liturgie, l'esthétique, la socioculture «de gauche» ne m'en inspiraient pas moins. Ses analyses reposaient sur un concept d'«aliénation» mal dégrossi; son moralisme prétendument libertaire rejoignait l'égocentrisme du libéral — et ce fut un jeu pour Mitterrand de corrompre une génération de gauchistes avec des planques au tour extérieur, des voitures de fonction équipées de gyrophares et autres hochets pour grandes personnes. Les contempteurs de l'ordre marchand sont devenus très logiquement ses porteurs d'eau : « Jouir sans entraves » est le slogan idéal pour un capitalisme sans frein. Rien ne pouvait mieux « libérer » le champ de la consommation que le nihilisme des « déconstructions ».

Et puis, derrière les grilles de l'Élysée, déjà happée par sa légende, une statue sombre coiffée d'un képi à deux étoiles entretenait l'illusion d'une France maquisarde. Je n'ignorais pas que le gaullisme énarchisé tournait à l'affairisme technocratique; tout de même, je préférais de loin être gouverné par Pompidou plutôt que par Brejnev; et un canton soupçonneux de ma nature m'avertissait qu'une ébauche de démocratie populaire au bord de l'Atlantique aboutirait inéluctablement à une dictature de colonels, comme en Grèce : je n'avais pas envie de ça.

J'admirais que Régis Debray ait mis un fusil au bout de ses idées. Je l'enviais de combattre sa figure du Mal dans une sierra tandis que je tergiversais aux confins de la poésie et de la métaphysique, condamné à l'inaction par mon incroyance. Pire : acculé à soutenir une « droite » qui n'était pas la mienne. Aucune droite ne l'a été, aucune ne le sera ; si j'ai mérité l'appellation, c'est pour n'avoir jamais pris les trains de la mode, ni renié mon attachement à ce que symbolise le clocher de mon village.

Un tel attachement n'est enrôlable dans aucune cause. J'en ai cherché une « à droite » et n'en ai pas trouvé. On ne met pas un fusil au bout de sa plume en renfort de la CIA pour soutenir un Somoza, un Mobutu ou un Thieu au motif qu'ils combattaient le communisme. On se sent solidaire des chrétiens du Liban, on voudrait défendre cet îlot maronite dans l'océan de l'islam, sans pour autant goûter les mœurs des phalangistes, ni celles des nouveaux riches de Beyrouth, et sans haine vis-à-vis de l'islam. J'ai failli rejoindre Gemayel (Béchir) : ça n'aurait pas changé le cours des événements. Plus tard j'ai failli croire en Aoun. À peine l'avais-je rencontré à Baabda, il entrait en guerre contre Samir Jeagea, il y avait de quoi être découragé. Je suis revenu au Liban depuis, j'y ai vu une ébauche de Croisette étirée sur des kilomètres, avec des soldats syriens mal vêtus à chaque carrefour. Sans eux, la paix serait précaire. Alors...

Alors j'ai écrit des livres et pris du bonheur, faute d'être utile à ceux qu'on assassine, qu'on emprisonne, qu'on torture, qu'on affame. Ma plume est un oiseau en cage, qui siffle pour se désennuyer. Si j'avais la candeur de certains, je serais aux côtés de Marcos dans les Chiapas, de Massoud en Afghanistan, d'Aung Sang Sun Ky en Birmanie, de Garang au Soudan. Peut-être les rejoindrai-je un jour, encore qu'il soit bien tard pour chevaucher des chimères à la T.E. Lawrence, j'ai développé un sixième sens qui hume le vénal sous les masques de l'idéal et voit l'ombre du tyran suivre le maquisard. Le *lider maximo* avait tout pour plaire quand il combattait Batista ; on sait comment il a tourné.

La « droite » n'a produit depuis la Libération que deux héros livresques : le Tintin d'Hergé, le James Bond de Fleming. Un enfant qui défend la veuve et l'orphelin avec les armes de la morale chevaleresque ; un play-boy qui défend l'Occident, « libre » plutôt que chrétien, avec les armes de la technologie. De l'un à l'autre la chute est manifeste : Tintin est fraternel, James Bond narcissique.

Seuls l'héroïsme et la tradition auraient pu cuirasser moralement une droite, face à une gauche héritière présumée de l'idéal de justice. Or la droite a renié le culte de l'héritage pour sacrifier à celui de l'innovation, et l'héroïsme est passé à gauche durant les années 60, avec le mythe du Che qui associait rébellion et romantisme. Ainsi la gauche a-t-elle pu bâtir un panthéon où voisinaient pêle-mêle Kennedy, Martin

Luther King, Joan Baez (« *Here's to you, Nicolas and Bart...* »), Hô Chi Minh, Jane Fonda et Angela Davis. Qu'Angela fût lourdement stalinienne n'avait aucune importance, elle était noire, elle était belle ; en elle Jeanne d'Arc se réincarnait pour brandir l'étendard rouge des enfants du rock'n roll.

Malraux accréditait paradoxalement l'idée que le Bien siège à gauche en publiant ses *Antimémoires*. Il était devenu ministre et soupait chez Lasserre : je le préférais en journaliste insoumis, en chasseur de statues khmères ou en colonel Berger.

En face, la « droite » était tristounette avec les éditoriaux de *L'Express*. Le modèle alternatif du Che, c'était le cadre giscardien du privé, « dynamique », décontracté. Moderne. L'objectif de cette droite ? Rattraper notre « retard » sur l'Amérique. Son arme ? L'économie. On ne lève pas les orages d'un cœur avec de l'économie ; on l'incite plutôt à faire des économies de générosité. Outre que la modernité « de droite » était une copie affadie, un reflet *profane* du prométhéisme « de gauche », on m'accordera que le romantisme du Che était plus engageant que les « Enrichissez-vous ! » de Revel et de J.J.S.S. Le pâle guizotisme qui annonçait les libéraux des deux dernières décennies, et leur cortège d'écoles « supérieures » de commerce, aura assuré à la gauche une prépondérance qui dure encore.

Elle ne durera pas éternellement. Rien n'est appelé à durer de ce que l'Histoire a tramé en Occident. Le clivage entre droite et gauche a perdu toute pertinence par suite d'un ralliement commun à l'idéologie technicienne, capitaliste, individualiste et relativiste. On se chamaille juste à la marge sur les modalités de la redistribution, avec des arguties techniques qui laissent les militants de marbre. D'ailleurs, il n'y a plus guère de militants, les partis font coller leurs affiches par les mêmes sociétés de communication, l'électeur fait son choix entre des sourires plus ou moins télégéniques. Que reste-t-il des vieux conflits exacerbés par l'érotique sadienne de la guerre civile ? Une compulsion, tout aussi sadienne, à épouiller notre histoire pour y trouver de quoi noircir l'autre bord. À droite les collabos, à gauche les goulags. Ça ne tiendra plus longtemps la rampe, parce que la mémoire des générations futures sera courte et zappante. On s'en réjouirait si cette amnésie s'en tenait aux héritages des sans-culottes et des prêtres réfractaires, des cocos et des bigots. Mais elle reflète une telle jachère des psychismes, elle est ravinée par tant d'obus médiatiques qu'on peut se demander où l'âme se logera.

C'est le cadet des soucis des politiques. L'âme ne vote pas. Elle ne sait pas répondre aux questions d'un sondage. L'âme n'a pas d'alliés dans les sphères du pouvoir, on n'y courtise que des «moi» égocentrés auxquels on n'a pas besoin de promettre des lunes, il suffit de les valider. Jusqu'au moment où ils disjoncteront à force d'avoir été manipulés, et les gouvernants s'apercevront alors qu'un agglomérat d'ego est ingouvernable par essence.

Au fond, ils s'en doutent et ils ont peur de l'avenir, autant que la piétaille. Pourquoi les accabler? Nous vivons une rupture sans précédent depuis huit millénaires et l'on exigerait d'eux qu'ils en mesurassent la portée, en maîtrisassent les effets et en imaginassent l'issue. Aucune école philosophique ne se manifeste et on voudrait que le chef de parti, de gouvernement ou d'État traçât une voie. Pitié pour les politiques! Je les connais bien, ils sont moins pourris qu'on ne le croit, plus démunis qu'ils ne peuvent se l'avouer. Le cynisme qu'ils affichent volontiers relève essentiellement de la bravade ou du dépit. Leur droite, leur gauche, leur centre sont des bouées, ils s'y accrochent faute de mieux, mais qui dit mieux? Quels penseurs les aident à voir plus loin que la croûte de leur fromage électoral? Qui ose penser, après la mise en garde d'Habermas, l'avenir d'une démocratie mitée par le sondage, l'impact de l'audiovisuel, la porosité des frontières, la versatilité des opinions, le déclin des croyances et l'essor de l'amoralisme? Qui ose penser l'avenir d'une humanité vouée à l'idolâtrie d'un «changement » sur lequel elle n'a pas de prise et qui lui inspire une terreur inavouable ?

L'écrivain n'est pas le plus qualifié pour penser le monde, encore moins pour le refonder ; il a plutôt vocation à le désavouer. Pour s'être crues salvatrices, maintes plumes se sont dévoyées. Mais renoncer à cet orgueil, c'est se condamner à broder des pleins et des déliés sur le canevas d'une mélancolie sans remède. Cruel dilemme ! Allons, la vie peut voler plus haut que l'Histoire, il n'y a pas lieu de la cloîtrer entre les chapiteaux d'un « moi » insignifiant et pléthorique. « Le vent se lève, il faut tenter de vivre. » Je n'ai qu'une plume dans mon fourreau, et les mots d'un écrivain vont moins vite qu'une balle de revolver, pour parodier la devise sinistre attribuée à Amin Dada. N'importe : si ténu soit l'espoir d'infléchir la force des choses, il ne faut pas l'abandonner. Les mots ont trop divergé d'avec les choses, rien n'est plus nécessaire que d'amorcer leurs retrouvailles — et ça, l'écrivain sait le faire.

Chroniques de l'irréparable

Colombey. La pluie tombe depuis Bar-sur-Aube d'où s'aperçoit la croix de Lorraine. Après l'autoroute, j'ai traversé des bourgs endormis et des campagnes méditatives. Vendeuvre. Magny-Fouchard. Dolancourt. Arsonval. Clochers d'une France douce au regard qui n'a plus cours.

J'ai revu le cimetière, la tombe, l'église où trône au fond du chœur une statue de sainte Catherine étrangement voluptueuse. Elle date du siècle des Lumières mais le sculpteur n'était sûrement pas au goût de son temps ; anachronisme fréquent à la campagne, où parfois le Moyen Âge s'est prolongé jusqu'à la Première Guerre mondiale. J'ai caressé sainte Catherine du plat de la main, pour le plaisir, en songeant à Sienne qui vit sous le soleil comme Colombey vit sous la pluie.

J'ai revu La Boisserie en compagnie de retraités allemands dont le guide expliquait que de Gaulle était « *ein Visionner* ». J'aime cette baraque moche, bourgeoise sans ostentation, où rien ne pue le luxe. Pas une touche de mauvais goût ni de cette vulgarité raffinée qui caractérise les goûts de l'esthète. J'aime ce bureau où de Gaulle écrivait avec la forêt des Dhuits en ligne de mire, et une mappemonde à côté pour vérifier que la France est sise sur cette planète-là. L'éclectisme de la bibliothèque ne concède rien à la frivolité : des philosophes, des écrivains, les historiens majeurs, les grands mémorialistes. Une touche plaisante de fantasia avec *Les Trois Mousquetaires*.

J'aime ce parc, ordonné mais sans fioritures, où seul le minigolf à l'usage des petits-enfants ébauche un domaine privé; on en a vite fait le tour.

Les gens qui défilent dans les trois pièces ouvertes à la visite sont aussi recueillis que les pèlerins de Mount Vernon, la plantation de George Washington sur une rive du Potomac. Le parallèle vient naturellement à l'esprit. Une même simplicité champêtre caractérise les havres des deux soldats devenus présidents. Une même religiosité les exonère de la trivialité du produit touristique.

Pourquoi suis-je revenu sur cette crête austère? Pour entendre l'écho d'un âge qui dérive vers la mythologie : l'Histoire, tout simplement. L'histoire d'un pays de preux, de pieux et de laboureurs qui n'existe plus. La France des vitraux et des images d'Épinal : le vase de Soissons, Roland à Roncevaux, les sacres de Reims, les fantassins de Bouvines, la bergère de Domrémy, Marignan 1515, les soldats de l'an II à Valmy, Waterloo morne plaine, les poilus de Verdun, les partisans du Vercors. Ami, entends-tu, le vol noir des corbeaux...

De Gaulle incarnait aussi la grandeur, double profane de la sainteté et allégorie de l'inaccessible. C'est un personnage de Shakespeare ressuscité par le romantisme ; donc inscrit dans un paysage de ruines. Féodal, idéaliste, mélancolique et presque désincarné comme Athos. Le gaullisme est une geste en noir et blanc, plus hugolienne que dumasienne.

Il était une fois un militaire de carrière banalement catholique, patriote et ambitieux. Banalement exaspéré par l'incurie des politiques et de l'état-major. Banalement pessimiste comme n'importe quel esprit de l'entre-deux-guerres, à l'exception des pacifistes à la Briand : Locarno ne l'avait pas rassuré. Exceptionnellement orgueilleux, roide, lucide et aventureux : toutes les qualités requises pour se faire rétamer à une municipale, une cantonale ou une législative.

L'insoumission du 18 juin 1940 illustre la seule approche politique moralement acceptable : l'effraction d'une légitimité outragée sur le champ clos d'une légalité de bas étage. Celle des dignitaires, des clercs à leur solde, de la valetaille autour. En l'occurrence la « Vieille France » épinglée par Martin du Gard, un pays dévitalisé par la tuerie de 14-18, qui trompait sa peur de l'ouvrier et d'une baisse de la rente en écoutant Mistinguett ou Maurice Chevalier.

Un pays ordinaire. Celui où je me suis retrouvé le 9 novembre 1970 à l'état d'orphelin. « De Gaulle est mort, la France est veuve », annonça à la télévision Georges Pompidou, estimable homme d'État conservateur et libéral mâtiné de radsoc comme il est d'usage dans nos contrées.

J'avais voté pour lui parce qu'il succédait à de Gaulle. Depuis, j'ai toujours voté « gaulliste », par sentimentalité : l'adjectif auréolait les politiciens lambda d'un pays qui rentrait dans le rang. Il les a tant soit peu obligés. De moins en moins au fil du temps, parce que le temps lamine. S'il ne les oblige plus du tout, je voterai pour d'autres. Ou pour personne. La politique des politiciens n'a pas de séductions pour un écrivain : ses acteurs sont molièresques, ses joutes convenues, ses enjeux mesquins. L'Histoire a toujours brassé les destins sur d'autres tréteaux, avec des épées et des mots qui tranchaient dans le vif.

La politique m'importe quand l'irruption d'une idée, ou d'une volonté, invalide les ritournelles notabiliaires : une idée qui ensemence l'inconscient collectif, une volonté qui déplace l'ordre des réalités.

Lequel ordre, en soi, n'est jamais légitime. Jamais. Il peut être tolérable, faute de mieux : ainsi Churchill justifiait-il la démocratie représentative. L'ordre social peut faire consensus, toujours sur le dos des plus humbles. Sa légalité cautionne toujours un rapport de forces. Arrive un moment où elle couvre une indignité majeure.

Alors, il faut la dénoncer, et la combattre. Ce que de Gaulle osa à Londres, en toute illégalité, en toute mégalomanie de surcroît car identifiant sa personne à la France et enrôlant les idées platoniciennes au service de sa cause.

Pétain était parfaitement légal après l'autosabordage du 10 juillet 1940 au casino de Vichy. Aussi légal que Thiers ordonnant de Versailles l'extermination des communards. Légal comme tous les chefs qu'un peuple se donne ponctuellement, par crainte, par affolement, par exaltation, par exaspération ou par lassitude. La légalité se décrète sur les ruines d'un ordre. Ensuite, on trouve toujours des scribes pour la verbaliser. C'est un habillage, un maquillage, une caisse enregistreuse, un us entériné.

La légitimité est d'essence spirituelle ; elle rime mystérieusement avec la religiosité en sollicitant une région insoumise de l'âme collective. Reconnaître la légitimité de de Gaulle à Londres, c'est tenir pour acquis qu'aucun ordre politique, fût-il ultramajoritaire dans « l'opinion » comme l'était à ses débuts le régime de Vichy, ne peut se prévaloir d'une légalité s'il offense l'intégrité morale d'un peuple.

Aussi le gaullisme n'est-il en aucun cas une famille politique, mais un double parti pris de dissidence et de romanesque. C'est l'armée des ombres de Kessel contre la France des officiels. L'armée des humbles contre les nantis qui toujours et partout veulent que ça dure. L'orgueil cornélien contre les moralismes parcimonieux. Lao Tseu contre Confucius. Pascal contre la cour et les jésuites. D'Artagnan contre Rastignac ou Vautrin. Emma Bovary contre Charles et tous les maris qui se croient propriétaires de leur épouse au motif qu'un notaire a enregistré le contrat. Tintin contre Alcazar puis contre Tapioca, contre les Soviets à Moscou, les gangsters à Chicago, l'occupant japonais à Shanghai.

C'est la fleur de la conscience sur le terreau de la structure. Une confrérie implicite de factieux, révolutionnaires ou réactionnaires, le pacte secret entre la grande gueule, le fier à bras, le demi-solde, le patricien en rupture d'étiquette et le prolétaire en mal d'activisme.

Dans le panthéon du gaullisme, les marins de l'île de Sein et les marlous de Pigalle voisinent avec Jean Moulin, Clostermann, Leclerc, Félix Éboué, Malraux, les pilotes du *Normandie-Niémen*, le lion de Koufra et une cohorte anonyme de monarchistes, de communistes et surtout de braves sans ismes.

À la limite il émane du romantisme gaullien un relent d'insurrection. Du reste, c'est ainsi que les factions partisanes, de quelque bord qu'elles se revendiquent, ont ressenti le magistère de de Gaulle à la Libération, puis en mai 1958 lorsqu'il revint au pouvoir en respectant tout juste la lettre de la légalité. La France des notables lui était hostile par définition, celle des parlementaires par inclination. Elles se coalisèrent, lors du référendum de 1969, pour en finir avec l'*étrangeté* d'un pouvoir, démocratique certes, mais dont la légitimité offusquait les cursus politiques de terroirs, de salons ou de grandes écoles.

De Gaulle n'avait pas de racines politiques, sinon un catholicisme social imprécis. L'Histoire l'avait adoubé dans la tourmente et il ne lui déplaisait pas de le signifier : le 1er juin 1958, il vint au Palais-Bourbon demander la confiance, ou plutôt l'exiger, vêtu de son uniforme, et quitta l'Hémicycle avant que les députés aient voté. C'est la posture d'un Athos, elle ne pouvait pas plaire à un Monnerville.

Dès lors que Mai 68 lui avait paru contester sa légitimité, de Gaulle provoqua un référendum pour vérifier son pressentiment, sur le thème le plus symboliquement attentatoire à la France des élus : une réforme du Sénat. Il aimait bien les référendums, c'était son côté sudiste. Ayant perdu celui-là, il abandonna le pouvoir et rentra à Colombey, tel Charles Quint renonçant à l'Escurial pour attendre la mort à Yuste.

Depuis le 9 novembre 1970, le village de Colombey est un prolongement rustique de la basilique de Saint-Denis, la version continentale de la sépulture de Chateaubriand sur son rocher à Saint-Malo. De Gaulle n'avait pas de racines à Colombey. Ce village n'est pas son terroir mais le décor d'un songe gothique brodé autour d'une idéalisation de la France, qui inspira à Hugo son *Notre-Dame* et ses dessins à l'encre noire, à Michelet son apologie de Jeanne d'Arc, à Péguy ses prières à la Vierge, à Dumas la scène parmi cent autres des Mousquetaires sous l'échafaud dressé pour l'exécution de Charles Ier.

Colombey est le havre d'un guerrier, la clôture d'un écrivain. De Gaulle était encore d'un temps où la dialectique de la pensée et de l'action exigeait la médiation d'une plume. Comme Napoléon, dont le souffle littéraire était plus court. L'un dicta ses mémoires, l'autre les rédigea solitairement, avec cette propension aux chutes ternaires qui le rapproche encore de Chateaubriand. L'un et l'autre possédaient le don du croquis psychologique et de la formule qui exécute. Napoléon, sur Talleyrand : « Comment voulez-vous que cet homme ne soit pas riche, ayant vendu tous ceux qui l'ont acheté ? » ;

de Gaulle, sur Lebrun : « Il ne lui manquait que deux choses pour être un chef d'État : qu'il fût un chef et qu'il y eût un État. »

Le ciel s'est dégagé au-dessus de la forêt des Dhuits, le soleil égaye des villages où le cimetière entoure encore l'église. Je voulais voir Clairvaux. L'épopée cistercienne et la gaullienne ont des similitudes : même parti pris de simplicité, de rigueur et de solitude hors du siècle, pour mieux peser sur le siècle et lui imprimer de l'idéal. Pas d'action qui vaille, ni de pensée qui brasse, sans un recul dans une thébaïde.

J'ignorais que la centrale pénitentiaire est implantée dans l'ancienne abbaye depuis la Révolution. Les murs datent de saint Bernard, ainsi que l'église ; le mirador est moderne. C'est une ironie diabolique d'infliger la réclusion dans des lieux où la liberté la plus exigeante avait trouvé refuge.

Autant rejoindre le siècle. Par hasard j'ai dîné ce soir-là avec des amis « gaullistes » qui « font » de la politique, comme on fait du macramé, ou de la planche à voile (alors qu'on fait l'Histoire comme on fait l'amour). Ils m'ont donc parlé de politique : nominations, promotions, factions, trahisons, mises au placard ou en examen, prébendes, coups fourrés (foireux), combines pour des queues de cerises. On croit que les politiques convoitent le pouvoir dans sa nudité.

Faute d'un nouveau Balzac qui actualiserait *Les Illusions perdues* (et serait boycotté), on ignore de quoi ils sont capables pour ne pas perdre une voiture de fonction, un bureau avec huissier à chaîne, une secrétaire, une indemnité, un titre, un rang, une médaille, des invitations gratuites et des notes de frais. Si la voiture est équipée d'un chauffeur, c'est mieux que sans. Il existe même une hiérarchie des voitures de fonction. Oui, ils en sont restés là, presque tous. Pas tous : j'en connais qui n'aiment que l'en-soi du pouvoir, la jouissance de la crainte ou de l'adulation inspirées à des êtres en situation de *dépendance* à leur égard. À chacun son érotisme.

Le gaullisme sans de Gaulle ne pouvait être qu'une nostalgie incasable sur l'échiquier partisan : son glaive n'avait pas d'idéologie à pourfendre ni à défendre ; et l'impavidité fantomatique de cette haute silhouette dissimulait plus d'ambivalences que n'en peut admettre un politologue. De Gaulle voulait soustraire le pouvoir aux partis, aux lobbies et aux éditorialistes pour en faire l'outil d'un bien public magnifié, au bénéfice d'une grandeur nationale qui se voulait universelle plutôt que narcissique. Il y avait du Caton dans son républicanisme et même du Cincinnatus. Le fond de sauce monarchique accommodait un brouet plébéien : l'être du populo contre l'avoir, le savoir et le paraître des marquis. Rien de plus éclairant que son envie de fuir ce palais Louis XVI efféminé et confiné du faubourg Saint-Honoré pour aller fonder sa république derrière les remparts du château de Vincennes.

On l'en a dissuadé. Dommage. On l'a dissuadé aussi d'attenter comme il l'eût souhaité au capitalisme : la « participation » faisait ricaner les énarques qu'il avait placés aux commandes, et peu à peu aménagèrent dans son dos ce qui devint le « gaullisme immobilier ».

Le gaullisme sans de Gaulle est une allégorie de la chute dans le temps qui valide la formule de Péguy : « Tout commence en mystique, tout finit en politique. » La Boisserie dérive hors du réel, comme ces châteaux embrumés d'un règne arthurien enfanté par la magie de l'écriture. Un reste de celtitude nous incline peut-être à chercher autour d'une tombe toute blanche, toute simple, l'âge d'or perdu dans les catacombes d'un passé de grimoires.

Le gaullisme est « le ténébreux, le veuf, l'inconsolé » d'une légende qui chevauche nos désenchantements entre Carlton Gardens et Cashel House (l'étranger, les confins, la solitude), en passant par Montcornet et Brazzaville, avec l'apothéose d'un *Te Deum* à Notre-Dame. C'est sur les lieux de sa retraite irlandaise, ou de son discours de Brazzaville, que cette légende m'a le plus habité. Bientôt elle n'habitera plus personne : la saga gaullienne est la dernière acquisition du musée imaginaire d'un héroïsme à la française aussi périmé aux yeux des jeunes qu'Austerlitz ou Camerone.

Les politiciens installés au pouvoir par de Gaulle ont fait de la politique. C'est un métier comme un autre. La plupart de ceux qui avaient servi le Général ont décidé de contrôler l'appellation. Impossible gageure : la bizarrerie du gaullisme était fatalement soluble à court terme dans les marigots partisans. Les circonstances l'ont déporté à droite, non sans ambiguïtés car les droites repérables depuis Vichy — celle de Pinay, celle des hussards et celle de l'OAS — vouaient à de Gaulle une haine féroce. Le fiel de détestations a longtemps ruisselé sur sa mémoire. Le temps l'a séché et depuis trente ans déjà la droite libérale a souscrit avec les « gaullistes » un mariage de raison favorisé par le scrutin majoritaire.

Aurait-il mieux valu que le gaullisme s'absente de la politique dès le printemps 1969 en portant avec hauteur le deuil de sa légende ? Avec le recul je doute qu'il était opportun de le compromettre dans ce que la liturgie catholique appelle les « temps ordinaires ». Mais, sur le coup, j'étais heureux qu'un parti dit « gaulliste » cultive sa singularité. Je me coulais dans la peau d'un supporter, les soirs d'élection, tout réjoui si un « gaulliste » passait, si les autres se faisaient étendre. Ça ne changeait pas la société, ça n'affectait pas les amitiés, la France ne s'en portait pas mieux, c'était juste un réflexe de sportif, une sentimentalité enfantine : le mot gaullisme survivait, ceux qui s'en réclamaient allaient en pèlerinage à Colombey.

J'ai été heureux lorsqu'il fut acquis, au soir d'un dimanche ensoleillé, qu'un gaulliste tournerait la page du siècle à l'Élysée, tout en sachant que le gaullisme sans de Gaulle fait tilt dans quelques cœurs rétro sans influer sur les réalités politiques, et Chirac n'est pas en cause, non plus que ses partisans : le temps s'est écoulé, voilà tout. Si les reliquats du « gaullisme » fusionnent avec les libéraux et les centristes, ce qui ne serait pas illogique, c'est Giscard qui avait raison, la « droite » a perdu vingt-cinq ans. Mais ce n'est pas mon affaire.

J'ai fait une incursion sur le territoire de la politique. Une seule, et fort brève. C'était à la fin du second septennat de Mitterrand, auprès de Chirac qui ambitionnait contre toute raison de remporter l'élection présidentielle de 1995.

Mon approche de la politique était naïvement gaulliste : un combat contre ceux qui détiennent un pouvoir et en usent pour plier autrui à leur merci. J'envisageais une croisade du bien public contre les intérêts privés, les pesanteurs corporatistes, les rigidités technocratiques, les particularismes locaux et les conformismes idéologiques. Il y avait du pain sur ces planches-là.

Les circonstances ouvraient la perspective d'une rupture, après des années de misère morale où le fric et la frime avaient passablement vicié l'atmosphère. En France, c'est l'élection présidentielle qui ouvre les bans ; six mois après, les étaux se referment, les technos gouvernent, ou plutôt ils gèrent au gré des flux boursiers, des phases de croissance ou de récession, des innovations technologiques et des caprices des sondages.

Je doutais fort qu'avec la classe politique en l'état on pût prendre beaucoup de bastilles ; et j'eusse préféré qu'on la remisât pour chercher hors le sérail des âmes mieux trempées, des esprits moins rouillés, des tempéraments plus martiaux. Néanmoins j'avais des idées sur la façon d'engager la bagarre. Elles n'ont engagé que moi, c'est le cas de le dire. Je croyais souhaitable, donc possible, de renouveler les élites, d'inventer une pédagogie sur les ruines de l'école, de pacifier les banlieues, de moraliser les usages, d'humaniser l'économie et d'offrir aux damnés de la terre une alliée : la France.

Rien de moins. Parce que moins, dans l'état de morosité où se trouvait la France, c'était rien.

La sociologie du moment entrait dans mes vues : il fallait jouer le peuple contre les ducs, avec le concours d'une classe moyenne déboussolée mais enrôlable.

Chirac était l'homme idoine. Ses proches manifestaient, durant la campagne, une impétuosité de bon aloi. Un vent de fronde assez rafraîchissant soufflait à l'Hôtel de Ville de Paris autour d'un chef qui n'avait rien à perdre et que la solitude avait métamorphosé.

En face il y avait la droite et la gauche, avec des programmes et des troupes convenus. Chirac était inconvenant : voilà pourquoi il a gagné, contre la gauche qui le croyait « de droite », contre la droite qui n'a jamais aimé son côté Bonaparte au pont d'Arcole.

Le lendemain de la victoire, les impétueux s'étaient déjà placés et ils avaient vieilli de partout. La suite allait sans dire : le feutre de l'Élysée a étouffé les bruits de la vie, rien d'essentiel ne pouvait advenir. Le gouvernement que l'on improvisa n'était pas pire qu'un autre. Pas meilleur non plus. Pas différent un dosage à la louche de tendances partisanes et de notabilités régionales. On sait faire ça partout, c'est « de » la politique — de celle qui veut gérer pour durer sans faire l'amour à l'Histoire. Vivre sans amour, c'est fastidieux. Gouverner sans être soutenu par l'ambition de violer le réel, ou tout du moins de le soumettre, c'est ingrat : on cabote entre les écueils, on avance un dossier et puis on l'escamote, on attend fébrilement les statistiques de Bercy et les sondages des instituts. En désespoir de cause on monte un « coup » susceptible de rectifier une « image ». Ah, leur obsession du « coup » médiatique — et ce narcissisme adolescent qui les réduit à l'esclavage ! Mon image, mon image ! Que dois-je dire, que puis-je faire pour la rendre belle dans le miroir de l'opinion ? Une photo de famille ? Une cravate à pois ? Une digression sur le rap ? Un voyage en banlieue ? Par pitié, Monsieur le Communicant, apprenez-moi à bien gouverner, c'est-à-dire à avoir de bons sondages. Pourquoi sont-ils mauvais ? Je laboure le terrain et je maîtrise mes dossiers.

Ainsi tâtonne le politique « moderne », telle une mouche dans un bocal, entre démagogie, technicité et mise en scène. Ce qu'il appelle « terrain », ce sont les élus, les militants, les cafetiers et le sous-préfet de sa circonscription. Il n'existe pas de pires tyrans domestiques. Leurs récriminations amenuisent, infantilisent, paralysent et n'éclairent rien. Par essence le terrain est partiel autant que partial, c'est une bévue et une lâcheté d'en faire un indic.

Autre tyran : la technicité qui réduit un problème à ses données comptables, juridiques et administratives. Elle le parcellarise avec les armes — lourdes — d'une rationalité paresseuse et trompeuse, en excluant la dynamique du désir et le volontarisme du chef. Le technocrate agit, si l'on peut dire, comme le Dupin de *La Lettre volée* d'Edgar Poe : division du champ en sections. Ce cartésianisme lourdaud avait son utilité pour redistribuer des points de croissance sur un territoire administré comme un régiment par une autorité pyramidale. Mais la croissance est aléatoire, l'argent passe les frontières, le pouvoir n'est plus localisable, la psychologie des gouvernés n'a plus de cohérence et l'État est un navire impilotable qui prend l'eau. Le technocrate n'a plus prise sur rien ; et comme il accapare la politique, son autisme devient pesant.

Reste le recours au communicant, dont le magistère résulte d'un grand écart entre l'être et le paraître. Son art repose sur l'idée que cet écart est camouflable, pour peu qu'on caresse l'opinion dans le sens de son poil.

Il la segmente préalablement, comme le technocrate segmente un dossier. L'objet de son analyse n'est ni la France ni le citoyen. Il ne décrit pas les conflits de classes, ni n'explore les abysses de l'inconscient collectif. Il inventorie les oscillations du désir des retraités, des adolescents, des femmes comprises dans une fourchette déterminée de revenus, des artisans quadragénaires, des médecins à la retraite, des employés homosexuels, des moribonds, des beurs, des handicapés, des bécassiers. Abusé par ses sondages, dits « qualitatifs », il se croit sociologue, psychologue et médiologue. Il n'est qu'un sismographe affolé. L'instantanéisme de ses observations accule son client à une frénésie de contorsions médiatiques dont il ressort délavé, surexposé, clownesque pour tout dire et positivement incapable de penser une situation.

Il est vrai que les situations n'ont plus de rapport avec la politique. Un territoire, une population, un chef : le pouvoir a fonctionné sur cette adéquation depuis que l'homme s'est sédentarisé. On étalait une carte, on dessinait des limes, on plantait des fortins et des proconsuls à la périphérie, des préfets aux points névralgiques et on disait : « Ceci est à nous. » Il y avait un noyau et des électrons, un Ici et un Ailleurs, un Même et un Autre (y compris à l'intérieur : les minorités, les chevaux de Troie, les cinquièmes colonnes). Les pharaons, Darius, Alexandre, César, Attila, Philippe II, Napoléon, Victoria, Hitler, Staline, Roosevelt procédaient d'une même approche géopolitique, à ceci près que la Terre devint ronde au Moyen Âge, et que les distances entre gouvernants et gouvernés s'amenuisèrent au fil des siècles.

L'essence du pouvoir a basculé dans un nomadisme qui dérouterait Platon, Machiavel, Hobbes, et Marx dans une moindre mesure. L'Union soviétique aura été le dernier empire traditionnel, si l'on excepte la Chine. Héritiers tardifs d'une vision cartographique, les dirigeants soviétiques ont différé l'avènement d'un pouvoir inédit, transfrontalier, idéologiquement neutre — celui des géants de l'industrie, du négoce de biens ou de capitaux. La géopolitique désormais se soucie moins d'un espace à conquérir et de sujets à soumettre que de la maîtrise des gisements et des transits du pétrole, de l'eau, des minerais, des armes, de la drogue, des capitaux et des communications.

La marge du politique est une peau de chagrin dès lors qu'une spéculation boursière ou la stratégie d'une multinationale peuvent décimer une production, affamer une population, asphyxier une classe sociale, armer une guérilla, couronner un obligé ou le déloger de son trône, procurer à un pays des emplois et des devises. Les regroupements régionaux (UE, Alena, Asean, Mercosur) favoriseront l'essor de puissances économiques privées plutôt qu'elles n'accorderont aux structures étatiques un sursis de pouvoir. Du reste, les gouvernants des États les plus riches s'en remettent à leurs multinationales pour sauvegarder le niveau de vie de leurs populations. Bientôt ils les prieront d'assurer aussi la formation des futurs salariés. Les privatisations et les concentrations vont s'intensifier, instaurant un pouvoir d'une *ubiquité* presque inexpugnable. Outre l'économie dans sa globalité, il régnera par satellite sur les esprits : on en a vu les prémices télévisuelles, et ce n'est qu'un début. Pourvu qu'il soit docile, le tyran « historique » des pays pauvres sera maintenu, avec mandat impératif d'écraser les émeutes.

Les intellectuels se détournent de la politique, parce que le système n'ouvre aucun angle à la critique : soit on l'approuve, soit on le hait ; dans les deux cas on le subit, en recyclant éventuellement sa marginalité dans le comportement privé, sa générosité dans l'humanitaire.

Les Rastignac délaissent eux aussi la politique parce que le cœur du pouvoir n'est plus dans les parlements ou les palais gouvernementaux. Les fonctions électives et même ministérielles font encore saliver un semi-prolétaire ; elles commencent à rebuter les arrivistes de haut vol. Un diplômé de grande école n'ira plus couper des rubans et présider le bal des pompiers pour un maroquin que les caprices des urnes rendent hypothétique alors que le pouvoir d'un ministre et son niveau de vie sont très inférieurs à ceux des cinq premiers numéros d'une solide multinationale. À quoi bon serrer des louches, répandre des aumônes et interpréter servilement le tango des sociologues de basse altitude alors qu'une élection se joue sur un taux de chômage, lequel dépend d'un taux de croissance, lequel ne dépend de personne ? À quoi bon dilapider son temps, son énergie, son intelligence dans un parti conservateur ou social-démocrate dont les hauts responsables, à peine adoubés par le corps électoral, feront la politique des marchés financiers ?

En France, un reste de jacobinisme incline le gendre idéal à transiter par l'administration afin de noircir un carnet d'adresses et de repérer les maillons faibles : il n'est jamais inutile de savoir quelles pattes graisser, et comment s'y prendre. Mais le service de l'État n'est que le marchepied de grandes ambitions qui ne feront plus le détour par une circonscription. Le politique en est réduit à accompagner « ses » dirigeants économiques à l'étranger pour les aider à rafler une commande, sans être trop regardant sur l'honorabilité du régime. Il faut bien vivre. Il faut bien faire vivre. Le même politique régale des entrepreneurs étrangers dans son fief provisoire en espérant qu'ils daigneront y implanter une usine. Il leur promet des exemptions fiscales, un terrain gratis, des « aides » qu'il mendie au Département, à la Région, à l'État, à Bruxelles.

Gardien suranné des ruines de la cité, le politique occidental fait ses adieux à l'Histoire dans une débauche de simagrées télévisuelles. Deuil capital : le chef, c'était la projection du père ; on ne sait pas comment les peuples vont compenser son effacement.

Peut-être de Gaulle a-t-il écrit la dernière page de l'histoire de France en imposant au monde la fiction d'une « grandeur » que les Français ne désirent plus. La France est lasse peut-être de parader après tous ces siècles d'orages autour d'une cathédrale qui flotte sur une île de la Seine. Peut-être la tuerie de la Première Guerre mondiale a-t-elle détruit biologiquement son désir d'exister. Les êtres se lassent de vivre à la longue, et les nations de même. Tout se lasse de tout. Tout peut renaître de presque rien, ailleurs dans le temps, ailleurs dans l'espace. La France est un sentiment d'orgueil lié à une mémoire en forme d'auberge espagnole : chacun y trouve de quoi nourrir son rêve d'une cité idéale. À condition d'avoir un rêve de cette nature. Si le sentiment de la France déserte le cœur des Français, s'il dégénère en commémorations, la France ne sera que le nom d'un lieu où les vins sont fins, les monuments élégants et les paysages agréablement contrastés.

C'est son avenir le plus vraisemblable. Pourtant, rien n'est fatal. La vie est un combat contre le Mal : tel est le message de Colombey. Portée par le vent qui hurle sur la colline, une voix caverneuse nous invite à prendre le maquis. Il serait bien, il serait beau que la France ajournât ses obsèques en épousant une querelle morale, celle de l'humain contre un système que de Gaulle qualifiait de « mécanique ». On ne refera pas l'Histoire, mais si le patriotisme de quelques Français retrouvait sa charge gaullienne de rébellion, on pourrait refaire le coup de Napoléon : cent jours de sursis qui pourraient durer cent ans avant l'exil de nos chimères sur l'île rocheuse et venteuse du Devenir.

Cortona. Le jour expire comme une femme s'abandonne. Je viens de voir une Annonciation de Fra Angelico dans l'un des musées de la ville, des sculptures étrusques dans un autre.

Des pièces s'ajoutent à mon musée privé, reliques d'âmes mortes dont je m'empare hâtivement. Mes émotions sont différées : presque rien devant l'édifice, le tableau ou le paysage, une houle de mélancolie suave dans le huis clos des souvenirs qui recomposent une Toscane d'amateur.

Une seule fois l'émotion a surgi sur le fil de l'instant : dans cette église campagnarde de Certaldo où voisinent la tombe de Boccace et le squelette sous verre d'une certaine Gisela, moniale de son état, contemporaine de l'écrivain et qui eut les honneurs de la béatification. Promiscuité émouvante de deux destins aventureux. Il me revient que la tombe de Bernanos, au cimetière de Pellevoisin, est toute proche de la sépulture d'une femme également béatifiée. La maison où s'étaient repliés les protagonistes du *Décaméron* devait être sur ces lointains ondulés d'où émergent les tours noires de San Geminiano.

Je cherche en Toscane le secret d'un miracle : la Renaissance. Deux siècles de libertés à feu et à sang, entre Dante et le Tasse, dans un vertige de contradictions aussi majeures que les nôtres.

Les Grecs ont inventé la raison, l'idéal et l'harmonie. Le christianisme a inventé la verticalité, l'espérance et la béatitude. L'éclosion de l'âme en est résultée, ainsi que l'étoffe de l'intériorité et en définitive la personne.

La Renaissance a inventé le « moi ». Tous ceux qui depuis lors cherchent leur unité entre le corps, le cœur et l'esprit lui sont redevables ; ils sont devenus les sujets de l'Histoire en même temps que les objets de leur quête.

Moi printanier de Pétrarque, ébauchant la synthèse de ses sources (Cicéron, Sénèque, Augustin) entre latin et toscan, voyages et retraites, amitiés intellectuelles, amours vénales ou idéales.

Moi équilibré de Leone Alberti, athlète, acrobate, poète, musicien, architecte, cavalier : l'homme « total ».

Moi maîtrisé et syncrétiste de Pic de la Mirandole qui tantôt réconciliait Platon et Aristote (l'Un et l'Être), tantôt ébauchait la synthèse de Moïse, de Pythagore, de Zoroastre, des stoïciens, des kabbalistes, des Évangiles, sans oublier Avicenne et Ibn Khaldoun : la pensée totalisante.

Moi tourmenté de Botticelli, dont les madones vaporeuses semblent hésiter à se donner à Dieu ou à se prêter à un producteur hollywoodien.

Moi forcené de Malatesta, le condottiere de Rimini, scélérat, courageux, impie et fin lettré selon les chroniques et selon Montherlant, presque angélique quand Piero della Francesca l'agenouille aux pieds de saint Pierre, suivi de son chien.

Moi doublement glorieux car convaincu de sa part de divinité, et résolu à épanouir toutes ses virtualités.

Moi déjà faisandé au XVIe siècle. Le *David* de Michel-Ange devant le palais de la Seigneurie annonce le narcissisme de Schwartzenegger. C'est un « moi » tout en muscles, culturiste, autosuffisant, autocélébré. « Moi » sculpteur de soi, orfèvre d'un ego qui se veut souverain et croira l'être jusqu'à Freud, et voudrait le croire encore.

Le génie de Michel-Ange est le chant du cygne du miracle renaissant et d'ailleurs tout se délite à Florence après Laurent le Magnifique. Le verdict de Savonarole n'est pas impertinent mais ni ses vitupérations ni son supplice ne sauveront sa ville du déclin. Vasari dont les vierges sont humaines, trop humaines, signe l'épilogue en devenant le premier historien d'une Renaissance qui s'académise. Un Médicis se fait pape, un autre roi : Cosme l'Ancien n'avait pas besoin de titres pour régner. Le XVIe siècle sera romain et vénitien. Des érudits, des librairies, des dictionnaires, des archéologues, voilà ce qui reste au bord de l'Arno qui a vu passer sous ses ponts, depuis l'épisode initial de la chicane entre Guelfes et Gibelins, les promoteurs grandioses de cette divinité encombrante, le Moi.

Toute la splendeur, toute la misère de l'homme « moderne » tiennent dans l'humanisme de la Renaissance. À ses débuts florentins et sur le socle de *La Divine Comédie*, il a exploré sans détruire. On voulait retrouver le génie grec sous le fatras d'une glose dégénérée sans perdre Dieu en cours de route. On voulait retrouver la grandeur de Rome aussi : chaque « moi » se voyait en césar de son empire sur soi. Le temps d'un épanouissement merveilleux de sève et d'audace et la boucle s'est refermée. À peine deux siècles entre Angelico qui humanise la pureté et Campanella qui promeut la question sociale mais en inventant le totalitarisme : *La Cité du Soleil* est plus proche de Fourier que de la république platonicienne.

Deux siècles avant que le savoir ne se refroidisse dans les collections, les bibliothèques, les parcs botaniques ou zoologiques et que ne se profile le spectre de la muséification, en prélude à la touristisation. L'Italie que découvrent les Français à partir des campagnes de Charles VIII, de Louis XII et de François Ier est un vestige. On va y quérir un secret qui se dérobe. Montaigne avait fait le tour de son moi avant de faire son bagage et Du Bellay eût aussi bien pétrarquisé sans voir des palais romains les fronts audacieux. Casanova a beau opposer au don Juan rescapé du Siècle d'or, et abâtardi par la commedia dell'arte, le personnage du libertin, l'Italie n'est plus qu'un beau musée au siècle des Lumières. Guardi, Canaletto, Tiepolo apprêtent à Venise le décor touristique des amours de Sand et de Musset. Puis les ruines attendent une ultime résurrection, celle de la mélancolie. Byron et Chateaubriand s'y complairont avant la marée noire des croque-morts ruskiniens.

C'est sur les décombres du génie florentin que Benvenuto Cellini exalte la figure de l'artiste. Il vient à son heure : Pétrarque l'avait dessinée avant lui. Léonard ayant proclamé que « l'artiste est le neveu de Dieu », le moi de Benvenuto peut s'affranchir résolument de toute sujétion. L'atelier du maître, le compagnonnage s'effacent derrière un individu qui exige du prince une *reconnaissance* de sa *valeur*. Il possède en propre un don, fruit du hasard et non de Dieu. L'art supplée le divin et l'artiste devient un personnage social dont la gloire participe de celle du prince. Il sera l'allié parfois incommode du pouvoir, le maître d'œuvre de son décorum jusqu'au romantisme. Alors il défiera le prince du haut de ce don qui l'enfle d'orgueil, du haut de ce « moi » qui le met en quarantaine. Il érigera son propre piédestal et fera concurrence, non plus au prince, mais à Dieu. Ou au Diable. Il chutera de son trône lorsque son « moi » devenu simple ego affrontera ses semblables, comme lui émancipés et autant que lui impatients de *s'exprimer*. Son aristocratisme deviendra *caduc*, sa douleur *banale*. On en est toujours là.

Sienne. La façade du Duomo est surchargée. Par quel miracle échappe-t-elle au mauvais goût qui plus tard folklorisera l'esthétique italienne en l'identifiant aux extravagances de D'Annunzio ? Peut-être l'idée du Beau, *homogène* dans les inconscients : les moi en fleurs ont en partage le même hellénisme transfiguré par le même désir.

Arezzo. Piété d'écrivain devant la maison natale de Pétrarque. Je n'ai pas trouvé celle de l'Arétin, personnage de basse époque, vaniteux, doué, faisandé et finalement dangereux comme certains chroniqueurs des années 30 et de l'Occupation. Analogies avec un Maurice Sachs. Moderne.

Pérouse. Musées, musées. L'enchantement est rompu par un sentiment de honte mêlé de lassitude. Touriste parmi tant de touristes dans ces *mostra* permanentes, je ne suis pas fier de mon voyeurisme. Vivre en parasite dans l'histoire de l'art, comme dans l'Histoire tout court, vivre de mots et d'images, c'est de l'esquive.

Assise. Comment retrouver l'*esprit* qui incita Ghéon, Copeau et Simone Veil à la conversion, dans ces rues où baguenaudent des hordes en bermuda armées de la machine à congeler l'instant : l'appareil photographique ? En joue ! Feu ! Saint François et sainte Claire encaissent la rafale. Ils en ont vu d'autres. Ils en verront d'autres, la touristisation n'en est qu'à ses balbutiements. Une statue contemporaine érigée devant l'église Santa Clara les présente main dans la main, comme des amoureux de Peynet, c'est à la fois charmant et ridicule. Il vaudrait mieux que les « modernes » s'abstiennent de « revisiter » l'ancien, ils ne sont pas équipés pour accueillir les sentiments naïfs, corsés et contrastés à l'extrême des gens du Trecento.

La Toscane ressemble à ce qu'on attend d'elle : cyprès à l'alignement sur les crêtes ; dômes, tours, campaniles ocre émergeant dans l'azur pâle ; collines en forme de hanches, filles brunes montées sur Vespa surgies d'un rêve de Piero di Cosimo, trattorias où les rires sont ensoleillés, sonorités emmêlées des éclats de langage et des clochers qui, au crépuscule, invitent à la prière ou à l'amour. Il y a des chats et des soutanes dans les rues, des vierges encastrées dans les murs, du vin, du football, des olives et de la palabre dans les bars ; et dans les églises une ferveur empreinte de sensualité.

Dans la nuit tiède, revenant ivre d'un restaurant lové au creux d'une colline et évitant de peu un renard qui traversait la route à cette heure indue, j'ai vu sur le flanc d'une autre colline les lumières d'un cimetière, en guirlandes car chaque tombe a sa petite lampe, allumée par la grâce d'un circuit électrique. En Italie on montre les cadavres, on placarde sur les murs les avis d'obsèques et on appose les photos des morts sur leurs tombes. Avec ces photos en émail, un dialogue est envisageable. Il y a une familiarité, une honnêteté de la mort, elle est *bon vivant*, aux frontières du mélo et de l'impudeur, c'est un bonheur de hanter les cimetières, malgré leur laideur. Les Italiens ont toujours aimé les reliques. Celles des saints au Moyen Âge ; puis à la Renaissance, dans les collections princières, celles des écrivains de l'Antiquité. Des banquiers, des condottieri faisaient la guerre pour voler le tibia d'un Cicéron ; de nos jours leurs équivalents ne savent voler que de l'argent.

J'avais dîné avec un écrivain américain qui raconte dans un livre ses amours récentes avec la Toscane où il vient d'acheter une maison. Tout l'émerveille et je le comprends, la Toscane est un musée qui sauve les apparences de la continuité ; les cadavres exquis semblent sourire encore, on oublierait presque que la modernité n'est pas une phase de l'Histoire mais son point final, qu'elle aura raison d'un art de vivre toscan déjà sursitaire, comme elle aura raison de tous les arts, de toutes les vies tricotées à l'ancienne avec les aiguilles creuses de notre nostalgie.

Florence. Chaque fois que j'y reviens, c'est la même perplexité, le même découragement. Ces palais, ces musées, ces églises, ces tombeaux, ces villas, ces fontaines, je les connais trop pour être transporté, pas assez pour les goûter en spécialiste. Pour un peu j'envierais le sort d'un Jakob Burckhardt, capable de focaliser sa curiosité sur ce moment béni de l'Histoire, et d'y consacrer son intelligence. Ma curiosité n'a pas de frontières dans le temps ni dans l'espace ; en quoi je suis « moderne » malgré moi, sollicité par tout, y compris « le vierge, le vivace et le bel aujourd'hui » de Mallarmé (encore un finisseur). Il me plaît que la Fiorentina soit passée en tête du Calcio, j'aimerais croire que toute gloire ne se conjugue pas au passé. Mais l'Histoire ni la gloire ne repassent les plats : Florence qui s'honore d'avoir inventé l'homme moderne est devenue simple chef-lieu du département de l'Arno sous Bonaparte avant de s'offrir nue au voyeurisme sélectif de Stendhal, précurseur de nos caméras boulimiques.

Atterrissage à l'aéroport de Roissy. Le soleil s'enfuit derrière une féerie profane de métal, de verre et de béton. Beauté malgré soi des formes en gestation. Pureté de la géométrie. Pureté, nudité, primitivité, comme un oiseau de Brancusi, comme un Concorde au décollage. Pureté pathétique en raison de l'inachèvement : la modernité nous condamne à arpenter nos sentiers buissonniers entre des musées et des chantiers.

Poétique des aéroports : ces êtres en transit, ces rapaces qui montent dans le ciel, cet entrelacs de pistes balisées de lapins qui rappellent la Brie féconde où Péguy tomba raide, un matin de l'été 1914. « Heureux les épis mûrs... » Enfant, on m'emmenait voir sa tombe, pour m'inculquer le rudiment de l'héroïsme. Des tombes, toujours des tombes — c'est un peu fâcheux de musarder sa vie entre nécropoles et cimetières à ciel ouvert; mais où trouver un idéal qui ne soit pas *lettres mortes*?

Que manque-t-il à ces esseulés qui traversent l'espace sans s'adresser la parole dans l'avion? Dès qu'ils usent d'un walkman, d'un téléphone cellulaire ou d'un ordinateur portable, les visages affectent tous une gravité butée, ceux des Italiens autant que les autres. S'ils se décontractent, ils deviennent mous; aucun n'a cette sérénité altière des personnages peints par les maîtres de la Renaissance.

Ce qui nous manque, c'est la *visée* d'une conscience que son scepticisme paralyse. Ayant éventé ce que les « cultures » respiraient naïvement, nous sommes émancipés des tabous qui les encadraient, et ça nous livre à la désespérance. Le venin de la lucidité nous tétanise, nous savons trop que nous n'allons nulle part pour danser ou chanter sur ce chemin de croix sans Golgotha.

La *croissance* nous tient lieu de finalité parce qu'elle *n'engage* à rien et va son train, à son rythme que nous nous bornons à épouser. Noces sans amour : la croissance, objectif vital pour les pauvres, n'est plus vraiment désirable pour des populations dont la diététique est le grand souci. Nous sommes gavés de camelote et las de poursuivre un fantoche que la modernité déguise puis dénude sans relâche. Las et humiliés de n'être que ses mannequins dociles. La publicité n'obligera pas indéfiniment à acquérir des choses nouvelles, car la rotation des stocks de fantasmes s'accélère, la mode tôt ou tard sera à court d'imagination : une menace d'apathie pèse sur l'avenir des libidos consuméristes, qui fait peser sur tous les désirs une menace d'impuissance. Les sexes, paraît-il, sont moins glorieux dans les alcôves que dans les cassettes porno.

C'est pourquoi la Renaissance nous fascine avec son désir d'être, de paraître, de connaître, de goûter, de maîtriser. Désir éperdu qui sollicitait toutes les instances de la personnalité, et réhabilite à nos yeux les coquins les moins recommandables. Car l'amoralisme des Renaissants valait le nôtre : de Cosme l'Ancien à Cosme Ier, quelle frénésie de cruautés vengeresses, de crimes en famille, d'incestes, de trahisons, de forfaitures et de truandages ! Mais les soudards platonisaient, les banquiers plotinisaient, la luxure la plus luxuriante convoitait l'idéal le plus éthéré ; les contradictions se résolvaient par le haut. Que la glorification du moi ait coïncidé avec l'invention de la boussole est hautement symbolique : l'horizon du désir avait beau être vaste, il savait où accoster.

Les désordres politiques incessants laissent à penser que l'éclosion d'une civilisation, sinon son épanouissement, n'a pas grand-chose à voir avec une éventuelle bonne gouvernance. Si l'unité italienne s'était faite, selon le souhait de Dante, et contre celui du Vatican, la Renaissance ne fût peut-être pas apparue en Toscane. Le grain aurait-il germé ailleurs ? Rien n'est moins sûr. Il fallait la conjonction d'une certaine vacance des structures, de l'essor d'une classe sociale et d'un héroïsme créateur. Il fallait que l'autorité pontificale soit déclinante, la glose scolastique épuisée, les prétentions des Hohenstaufen négligeables ; et que Florence défende, malgré tout, la tradition de ses libertés. Il fallait qu'une *légitimité* souterraine supplée puis submerge les autorités officielles.

Nous sommes au cœur, ou au creux, d'une mutation qui n'a pas trouvé sa légitimité dans les profondeurs de notre conscience tout en frappant les équilibres défunts d'une illégitimité radicale : l'herbe de toute croyance est brûlée, elle ne repoussera pas. Cette illégitimité affecte nos « élites » politiques, économiques, intellectuelles. Elles ne croient plus à leur mission, nous ne croyons plus à leur utilité. Elles gèrent des marchandises, chacun se voulant « pro » dans sa discipline et se targuant de travailler quinze heures par jour pour tenter d'asseoir sa position sur une réalité quantifiable. Symptôme remarquable de la post-histoire : ses chefs tirent fierté d'avoir un agenda si chargé qu'ils n'ont plus un moment de libre. Les patriciens de Florence faisaient des affaires, et la guerre, et l'amour, et des vers ; ils prenaient le temps de partager un ravissement esthétique, ou une controverse philosophique, parce que leur moi surabondant était au diapason de la quête d'un Ficin ou d'un Pozzo.

Mais à quoi bon comparer ce qui n'a pas de commune mesure ? Les Renaissants avaient une Antiquité trinitaire : Jérusalem, Athènes, Rome. Nous en avons mille : toutes les civilisations depuis les mégalithes jusqu'aux logiciels en passant par Sumer, Babylone, l'Égypte, l'Inde, la Chine, les Hébreux, la Perse, la Grèce, les Romains, les Mayas, les Aztèques, les Olmèques, les Incas, l'Islam, l'Occident — et la profusion mystérieuse des cultures sans pierre ni alphabet que l'ethnologie a inventoriées. Nous sommes une anticivilisation qui *collectionne*.

Les Renaissants aussi étaient collectionneurs. Dans leur avidité ils ont créé à profusion des musées, des bibliothèques, des librairies, des académies, accumulé des archives, inventé les statistiques, inventorié la nature dans des jardins botaniques, enclos des fauves dans des jardins zoologiques — tout cela pour la jouissance de l'amateur.

Mais son désir avait un objectif : la conciliation ; au lieu de quoi nous *empilons* les réserves de notre vaine omniscience dans des cryptes immenses et froides, telle cette TGB en forme de parallélépipède que je longe en train, chaque semaine, en regagnant mes pénates. Il paraît qu'elle est « fonctionnelle » ; il serait préférable qu'elle fût inspirée. Cette parodie de la bibliothèque d'Alexandrie ne répond pas à une exigence de l'esprit, elle satisfait les besoins solitaires de chercheurs spécialisés, excessivement « pointus » dans leur registre. Plus fine est la pointe, plus infime est son point d'impact. L'aventure intellectuelle conclue plutôt que poursuivie par les Encyclopédistes avec leur fureur classificatrice s'achève dans ces dépôts où dorment les tas de papier d'un savoir qui n'a plus de complicité avec nos connaissances.

Nous avons perdu la capacité d'une relation *vivante*, charnelle autant que spirituelle, avec les objets de cette brocante dont le gigantisme nous accable. Le jour où la Vierge apparue à saint Bernardin du Pérugin sourirait au Bouddha de Touen-houang dans le cœur d'un Yorouba qui confesserait le Dieu de Mozart, ce jour-là nous serions sauvés. Mais comment poindrait-il dans la pénombre sans fin de nos sensibilités éplorées ? Nous savons à peine inscrire l'acquis de la veille dans le goût du jour. Le saurions-nous que le temps de la maturation nous ferait défaut. La fuite dans l'innovation, les oukases de l'adaptation, les aiguillons de l'information nous privent de la lenteur sans laquelle l'esprit ne peut rien recueillir. Mais quel réformateur oserait prôner une pédagogie de la *lenteur* et du recueillement ?

Incapables de synthétiser les miettes surabondantes de notre savoir, nous en sommes réduits à cet avorton d'impuissant : le concept de *complexité*. « Rien n'est simple », murmurent les antihéros pitoyables et solitaires de Sempé. Tout se complique, répond en écho le dernier avenant de la pensée contemporaine : il y a de l'inorganisé au sein de l'ordre, de l'imprévisible au cœur du rationnel, et le chaos est sûrement plus structuré qu'on ne l'imagine. Avec un tel viatique, il est douteux que l'âme d'un Occidental de vingt ans prenne le monde à bras-le-corps. Au mieux elle ira voir ailleurs, au pire elle séchera sur pied.

Complexité et modernité pactisent dans l'éphémère pour soumettre le destin à l'organique et au générique. Ils nous dissuadent de penser le monde en vue de le changer tandis que les économistes nous enjoignent de laisser le marché faire le tri. Les philosophes en sont réduits à solder un peu de morale, afin qu'un homme qui ne croit plus à rien s'abstienne cependant de faucher le sac des vieilles dames dans la rue. Peine perdue : s'il ne croit plus à rien, il fauchera le sac

Francfort. Pluie d'automne sur le downtown de cette ville qui n'a plus d'allemand que deux quartiers anciens de part et d'autre du Main.

Chaque année les éditeurs du monde entier se retrouvent dans les locaux hideux de la Foire du livre et assiègent les stands américains pour y acheter des *best-sellers*, glaner des idées de collection et vendre si possible un livre, pas forcément écrit, dont on a acquis les droits mondiaux. Gros succès des *chicken soup* pour enfants, poubelles inénarrables d'un moralisme débile. Augmentation de l'offre relative à la bonne gouvernance de l'ego : son confort physique, mental, spirituel, sexuel, son équilibrage par le jardinage, la méditation, l'horoscopie, la gymnastique, la diététique. *Soul and health* pour tous les âges. *Thrillers* en tous genres, avec ces couvertures aux titres incrustés d'or ou de fluo multicolore.

L'impérialisme « culturel » yankee s'étale avec une innocence cordiale ; les girls commises aux relations publiques ont toutes le même sourire mécanique. Yeah ! Les stands anglais sont dans l'orbite éditoriale américaine, au titre de parent pauvre ; on comprend mieux pourquoi Major ou Blair obtempèrent lorsqu'un Bush ou un Clinton décident un bombardement quelque part.

C'est un règne de l'imaginaire plutôt que du capital : Random House, le géant éditorial américain, vient d'être acheté par l'allemand Bertelsmann. Victoire de l'Allemagne ? La fierté discrète qu'on décèle dans la presse locale s'abuse : ce conglomérat favorisera la pénétration de la langue anglaise en Allemagne, elle ne fera pas passer le mur de l'Atlantique aux livres allemands. Mark ou dollar : aucune importance. Si Bertelsmann gagne en puissance, c'est la « culture » américaine qui rafle la mise, parce que tous les fantasmes s'abreuvent à Hollywood.

L'Europe n'existe pas. Ses éditeurs s'ignorent, ses agents littéraires vendent du thriller made in USA et ses écrivains restent nationaux, à quelques exceptions près, celle d'Eco notamment dont l'érudition facétieuse est comme l'abrégé du musée planétaire. Du reste, les livres d'écrivains, d'historiens ou de philosophes sont très minoritaires. Le négoce de la chose imprimée concerne essentiellement des produits adaptés aux goûts moyens de la classe moyenne planétaire, un mcdonaldisme qui dose les ingrédients de l'émotivité avec le concours des statistiques.

L'éditeur le plus lettré est acculé à une schizophrénie humiliante : il vend de l'« alimentaire » pour équilibrer ses comptes, il s'en dédouane en publiant ce qu'il aime et qui ne se vend pas. Cet alibi de l'« alimentaire » est devenu courant dans les sphères dites de la « création ». On se résigne au mépris de soi en discriminant l'ordre peu reluisant de la nécessité professionnelle et celui d'un goût profond qu'on honore dans les marges, à fonds perdus.

Peu d'étrangers devant les stands français. Nous vendrons le Goncourt de l'automne dernier, des recettes de cuisine, des albums sur les cathédrales, les châteaux de la Loire et les impressionnistes. Les éditeurs pour happy few continuent d'acheter du « nouveau roman », c'est l'image de la littérature française, l'imagerie de Saint-Germain-des-Prés, elle vient en complément de nos vins de Bordeaux et de nos carrés Chanel.

L'Europe, on la trouve au musée, dans cette artère au bord du fleuve où les musées s'alignent ; il y en a un consacré aux arts primitifs, un autre à l'histoire du téléphone : deux morceaux de passé mis sur le même plan.

J'ai vu Cranach cohabiter avec Mantegna, Dürer avec Watteau — « européens » si l'on veut, mais d'une Europe qui parlait le latin, puis le français dans les hautes sphères, allemandes notamment.

Chaque fois que je reviens à Francfort, je m'évade de cette foire du livre. J'aime les foires (aux bestiaux à Saint-Christophe-en-Brionnais, de la truffe à Lalbenque, aux canards gras à Gimont) ; j'aime les livres. Les deux mots, foire et livre, ne vont pas ensemble. D'ailleurs les foires du livre prolifèrent, au titre « culture » des budgets municipaux, et la littérature n'en retire que de l'humiliation : les badauds ignorent les écrivains, ils viennent voir des célébrités signer des livres qu'elles n'ont même pas écrits. J'ai beau « produire » des livres, je ne puis les considérer comme des « produits », ils restent pour moi les piliers du temple de l'esprit, associés à l'image du prêtre, de l'érudit, du poète — image un peu sacrée d'un solitaire : Montaigne dans sa tour, Descartes devant son poêle à Franeker, Chateaubriand dans son pavillon de la Vallée aux Loups, Tocqueville dans son château du bocage, Mauriac sous la charmille de Malagar. Ou bien un moine dans un cloître, penché sur son bréviaire.

Ayant visité le musée, le zoo et la maison de Goethe, je m'empresse de fuir cette ville sans dessin, sans dessein, pour retrouver l'Allemagne à Heidelberg. Elle est bien conservée, on se croirait dans l'Europe estudiantine et médiévale, comme à Bologne, à Salamanque ou à Cambridge. Cette Europe-là n'existe plus, c'est une mélancolie très familière que je retrouve en regardant la ville depuis les ruines du château qui la surplombe. La même qu'à Florence ; on pourrait croire que l'Arno se jette dans le Neckar pour charrier les eaux croupies de nos regrets.

Au retour je visite la cathédrale de Mayence. Bien conservée également. Mais les gravures nous la montrent enserrée dans des maisons. On l'a dégagée pour que l'œil s'en rince — donc, son âme s'est enfuie.

Le retour dans le siècle n'est pas très agréable. Aux bars des hôtels où seul le liftier tunisien parle un peu de français, on négocie l'achat des droits en langue anglaise. On calcule en dollars. Si on se met à calculer en euros, ça ne changera rien : les Allemands, les Italiens, les Français achèteront du Patricia Cornwell ou du New Age et les éditeurs new-yorkais, soi-disant cosmopolites, n'achèteront rien.

« Une patrie, écrivait Cioran, c'est une langue, et rien d'autre. » On peut discuter le « rien d'autre », on ne peut nier la primauté du linguistique dans un monde où l'on communique à tous vents. L'espace francophone existe, il a enfanté une littérature majeure : Cioran précisément, Éliade, Ionesco, Senghor, Césaire, Simenon, Nelligan, Stétié, U'Tamsi, Alexis pour m'en tenir aux sommités qui ont compté pour moi, et pour beaucoup d'autres écrivains français.

Or j'ai cherché vainement les stands maghrébins et africains sur la Foire. Je n'ai pas trouvé non plus ceux de l'Afrique anglophone, ou lusophone. Absence d'un continent de cinq cents millions d'âmes qui pourtant obtint récemment le Nobel avec Soyinka.

Trois noms de pays africains francophones figurent sur le programme : Sénégal, Togo, Cameroun. Je les ai cherchés longtemps. J'ai fini par découvrir, dans un réduit de deux mètres carrés, une brochette d'opuscules religieux. L'Africaine en charge de ce simulacre de stand parlait anglais, comme tout le monde sur la foire.

Cette relégation de l'Afrique, je la ressens comme un affront personnel. Elle n'a rien d'étonnant. Chaque fois que je vais dans une capitale africaine, je repère chez l'unique libraire libanais des textes excellents, imprimés sur du mauvais papier et dont la diffusion ne dépasse pas les faubourgs. Il arrive qu'un éditeur parisien fasse connaître un écrivain africain. Les autres sont sacrifiés, et notre imaginaire, au lieu de se déployer dans le désert, la jungle ou la brousse, tourne en rond autour de ses nombrils parisianistes ou de ses bouts de terroir, quand il ne s'envole pas vers l'Amérique.

Pauvre Afrique ! Pauvre francophonie ! À très

brève échéance le monde entier parlera la novlangue d'Orwell, dérivée de l'anglais, comme on parlait partout un bas latin de troupier à l'intérieur du limes au IVe siècle de notre ère. C'est inéluctable. Déjà l'enfant des rues de Bamako mendie en anglais, et on utilise exclusivement cette langue dans les congrès scientifiques et les enceintes diplomatiques (même à Bruxelles). On ne lit qu'elle sur les messages de l'internet, on n'entend qu'elle dans les radios, on ne voit qu'elle sur les panneaux.

La survie des grandes aires linguistiques est douteuse. L'espagnol, le russe, le gujarati, le portugais, l'allemand, l'arabe, le swahili et le français survivront pendant quelques générations, avant de connaître le sort du breton et du basque dans la France du XIXe siècle : des patois d'usage populaire. À ceci près que les hussards noirs de la IIIe République assignaient à la langue française une mission idéologique, tandis que la propagation du basic va de soi. Et va vite. Les six mille langues vernaculaires qu'on dénombre encore subsisteront au même titre que l'occitan limousin dans mon village, il y a trente ans : pour les vieux, pour un temps. Puis elles deviendront l'apanage d'érudits et on fera des lois pour les « protéger », comme on en rédige pour la survie des éléphants en Afrique.

Ainsi s'achèvera le cycle de Babel. Encore un deuil majeur. Je ne sais ce qui m'attriste le plus, de la disparition des langues ou de celle des espèces animales ; dans mon esprit, c'est le même désastre, la même contraction de la multiplicité. La fin de l'Histoire se vivra en basic. Seul le mandarin résistera — et les futurologues peuvent imaginer une confrontation ultime, pas forcément pacifique, entre les USA et l'Empire du Milieu. Hasard ou prospective : la Chine est le seul État avec lequel Washington prend des gants.

L'enjeu francophone devrait orienter notre diplomatie. Si la langue française ne tient pas son rang, si dans vingt ans plus personne ne la maîtrise en Europe centrale, en Amérique du Sud et au Proche-Orient, si elle continue de perdre des positions en Europe occidentale, aux États-Unis, en Asie du Sud-Est, et si l'Afrique de l'Ouest végète avec des taux élevés d'analphabétisme, alors la France sera négligeable. Un grand pays devient vite négligeable : un petit siècle entre Philippe II et Philippe V et l'Espagne sortit des circuits historiques jusqu'à l'occupation napoléonienne.

Sur un globe miniaturisé, dans un espace en forme de messagerie sans frontières, les langues véhiculaires seront l'équivalent de régiments blindés. « Le pape ? Combien de divisions ? » demandait Staline. Le français, combien de locuteurs ? demanderont les propriétaires des vecteurs lourds de communication et autres stratèges des *Blitzkrieg* à venir.

On pense, on prie, on s'émeut, on évalue, on transmet, on fraternise, on négocie par le canal d'une langue. La nôtre a des atouts : rationnelle pour l'analyse, apte à refléter les états les plus subtils de la conscience. Elle a des ancrages historiques, déclinants il est vrai, mais qui lui consentent un sursis de prestige de Rio à Bucarest en passant par Le Caire, et même Tokyo. Lettrés et diplomates gardent un vague regret du temps où le monde pensait en français les termes de son avenir.

C'est peu de chose. Rien, si on s'en remet, si on se soumet aux tendances lourdes. Suffisamment, si on veut mener le combat de l'honneur contre les spectres gris de l'uniformité.

À l'orée des indépendances, Senghor, Sihanouk, Bourguiba et Diori ont pris acte du seul acquis irrécusable de la colonisation, sauf à prôner l'enfermement tribaliste, tentation éphémère des révolutionnaires tiers-mondistes. Avec quelques pionniers ils ont bâti l'ébauche d'une coopération multilatérale francophone. Mitterrand institua le rite des sommets, petit pas symbolique qui laisse nos politiques et nos diplomates assez indifférents. Le peuple quant à lui n'a jamais été instruit de l'importance de la francophonie. À peine relève-t-il que ses gouvernements comprennent désormais un secrétaire d'État à la Francophonie, appendice du

Quai d'Orsay dépourvu d'autorité, de ressources et plus encore de perspectives.

À l'aune du Quai, la francophonie, c'est du « culturel ». Erreur : la francophonie, c'est de la politique, au sens plein et ancien du terme : faire violence au réel, à l'acquis, à l'admis. Senghor pensait cela depuis longtemps. Les chefs d'État ayant fini par s'en convaincre, ils ont décidé de créer un Secrétariat général et de le confier à un personnage d'envergure, Boutros-Ghali, que les Américains s'apprêtaient à déloger des Nations unies.

J'ai participé, à une échelle modeste, à l'instauration du Secrétariat général. J'étais plein d'espoir en accompagnant Chirac au sommet francophone de Cotonou. Son septennat débutait, les commencements sont toujours magnifiques.

L'ambiance était gaie, la ville peu fliquée en dépit d'un contexte préélectoral assez tendu car l'« ancien » Kerécou affrontait le « moderne » Soglo et le duel se révélait indécis.

Je retrouvais ce continent où il est si doux de se laisser happer par les bruits, les coloris, les senteurs, les timbres de voix, les ombres mêmes. Lorsque, pour saluer l'arrivée de Chirac, une *Marseillaise* résonna à l'aéroport, une émotion m'assiégea : la francophonie allait renaître, et rafraîchir le monde en inventant un métissage politique sans précédent. On prend vite ses désirs pour des réalités.

Les délégations étaient euphoriques. Il y avait de la fraternité dans l'air, c'était fabuleux de rêver l'avenir avec l'accent du Québec, du Maroc, du Vietnam, de la Belgique ou de l'île Maurice — fabuleux de le projeter vers des rizières, des glaciers, des dunes blondes, des prairies, sous des acacias, sur des rivages où le sable est brûlant ; fabuleux de mettre de l'islam, du christianisme, du bouddhisme et de l'animisme dans un pot commun. Je revois Diouf — un bronze de Giacometti converti à la sérénité — dont le verbe savait apaiser les chicanes, Bongo divertissant ses pairs avec son humour, Compaoré assurant avec son aisance féline l'intérim de Soglo que les stratèges officiels, à Paris, donnaient largement vainqueur. Il a perdu. Les mêmes stratèges croyaient Mobutu invulnérable, et ne concevaient pas que la France dût marquer ses distances pour ménager l'avenir.

Un an plus tard j'accompagnais Chirac à Ouagadougou pour un sommet franco-africain. L'ambiance avait changé. Pas entre Chirac et les chefs d'État : ils se connaissent, ils sont contents de se retrouver. Chirac est aimé en Afrique. Mais les ministres et les conseillers africains de la génération montante laissaient percer une certaine aigreur. Ils trouvent la France, à la fois négligente et condescendante à leur endroit. Ils la soupçonnent de les lâcher sans renoncer au dogme des relations exclusives avec les pouvoirs en place. Les survivances du clientélisme à la Foccart les humilient, ils voient graviter autour de leurs chefs trop de « correspondants » français douteux — ces types aux costumes clairs qu'on rencontre dans les Sheraton des capitales et qui ont toujours un coup à vous proposer. Ce qu'ils désirent est ambigu, à l'image de nos liens demeurés passionnels. Ils voudraient la France, autant que leurs aînés ; mais sans les abus de son paternalisme. Ils redoutent à juste titre sa désertion, sachant qu'à Paris on se soucie fort peu d'un continent qui ne compte pour rien dans les échanges mondiaux. Ils savent aussi que les meilleurs écoliers d'Afrique de l'Ouest vont étudier sur les campus américains avec des bourses que la France ne veut plus octroyer ; et que l'obtention dans nos consulats d'un visa touristique n'est pas une sinécure. Gare à la vindicte des amants délaissés ! Le petit peuple d'un pays « ami » encourageait la Croatie contre la France, lors du Mondial, devant les postes de télévision. L'information n'a sûrement pas fait l'objet d'un télégramme diplomatique. Et pourtant…

Abacha participait à ce sommet. Le dictateur nigérian venait de décréter l'apprentissage du français dans toutes les écoles de son pays. Ce serait une providence pour la francophonie si la décision entrait en application. On en est loin. Entre les mots d'un chef d'État et les choses de la vie, il y a souvent un monde. La vie du reste entre malaisément dans l'univers raréfié d'un voyage officiel : le métalangage liquoreux et les rituels de la diplomatie ont mission exclusive d'occulter le réel. Les faits étant inconvenants, on plane sur un nuage cotonneux de mots qui ne renvoient qu'à des mots. Rien de plus frustrant que d'apercevoir un pays derrière les cordons policiers, et d'assister à sa réduction au virtuel le plus incolore entre deux palais nationaux.

L'année suivante le sommet d'Hanoi devait lâcher la francophonie sur orbite avec Boutros-Ghali aux commandes. Peut-être les chefs d'État abusent-ils des sommets; il y en a tant qu'on s'en lasse, et eux aussi. La société du spectacle use ses stars et les désacralise : autre symptôme de la fin du politique. Les gouvernants suprêmes défilent à la télévision, ils se voient, se revoient, se tutoient, on les voit palabrer puis sourire aux caméras; mais comme rien ne se règle, les gouvernés blasés les prennent pour ce qu'ils sont : des habitués bavards d'un Café du Commerce planétaire.

Hanoi m'a laissé une impression de malaise; on était loin des grandes espérances de Cotonou. Entre-temps Barré avait pris le pouvoir au Niger, Sassou Nguesso au Congo, Brazzaville la gaulliste avait été détruite, le pouvoir battait de l'aile en Guinée, en Centrafrique; surtout, l'ancien Zaïre avait implosé et Kabila n'était pas venu. L'Afrique avait renoué avec ses démons et les Africains n'étaient pas heureux. Leurs ministres ébauchèrent une fronde et la presse éreinta un barnum auquel la France donnait l'impression d'assister par routine. En dépit du volontarisme initial de Chirac, la francophonie ne décolle pas suffisamment. On risque de le payer cher. C'est d'autant plus navrant que d'Ottawa à Chisinau, en passant par toutes les capitales adhérentes au club francophone, une passion touchante anime des militants relativement nombreux.

Francfort est le siège de la Banque centrale européenne. J'ai voulu voir l'endroit d'où Tim Duisenberg édictera son euro-loi. C'est un immeuble banalement laid sur une place anonyme, moins imposant que ses voisins occupés par d'autres banques. Des mosaïques, dans le hall, composent d'affreux visages censés refléter la diversité des composantes de l'euroland. On peut lire aussi le nom des anciennes monnaies nationales : le franc, le florin, la lire, le mark — petit florilège évocateur d'un type de souveraineté qui avait ses mauvais côtés, il faut le reconnaître. Je ne suis ni pour ni contre une monnaie unique. La Yougoslavie en avait une, ça ne l'a pas empêchée de voler en éclats. Les deuils d'un Français ont d'autres requiems à chanter que celui du franc. Je ne verrais même que des avantages à l'avènement d'une monnaie unique mondiale.

L'endroit n'est pas majestueux. Signe des temps nouveaux? Tout pouvoir historique a voulu se magnifier dans un apparat architectural. Un pouvoir sans apparence, donc sans visibilité, ça signifie, au choix, qu'il n'est pas fier de lui, ou tellement sûr de lui que la modestie de ses dehors est une coquetterie démagogique. Ici s'exercera une quintessence de pouvoir, abstraction faite de toute chair humaine. L'euro équilibrera le dollar, procurera aux possédants une seconde base de repli et servira d'alibi aux gouvernants. Vos récriminations sont légitimes, diront-ils aux gouvernés dans les périodes électorales, mais M. le gouverneur est inflexible. Et comme il est indépendant...

Depuis un demi-siècle, des hauts fonctionnaires bâtissent un espace européen, officiellement pour faire pièce aux Américains, officieusement pour se protéger des pays pauvres du Sud. Europe des nations, Europe des régions, fédéralisme à ondes concentriques? La synthèse, croit-on, se fera entre Bruxelles, Strasbourg, Luxembourg et Francfort — autant de villes où l'hiver dure longtemps. À la longue, croit-on, une manière d'État émergera du fatras institutionnel, avec un noyau dur — les riches — et des électrons périphériques admis à l'office pour y quémander des subventions.

Il n'est pas impossible que ce but soit atteint. L'intégration croissante des économies dans un espace monétaire homogène implique une convergence des fiscalités et des lois sociales. On peut imaginer une machine étatique plus ou moins gestionnaire, plus ou moins décentralisée. C'était l'ambition de Schuman et de Monnet. Replacée dans son contexte, elle ne manquait pas d'idéal. Le vieux rêve de Victor Hugo allait resurgir pour effacer les séquelles des impérialismes de Charles Quint, de Napoléon et de Hitler. Ce que la postérité de Charlemagne avait ruiné, on pouvait le refaire ; Churchill y consentait, de Gaulle n'y était pas hostile.

Au fil du temps, l'Europe a oublié son idéal pour s'en tenir à un calcul de comptable : l'addition des PNB donne un chiffre gros comme ceux de l'Amérique. Les européistes contemporains veulent l'Europe par défaut, pour noyer leur angoisse dans le nombre. Ce sont des libéraux « raisonnables », souvent formés dans les universités américaines. Leur politique est cartésienne, mercantile et sans prétention intellectuelle, encore moins spirituelle : un euro aussi puissant que le dollar, un bloc capitaliste qui singera l'Amérique, avec le vague propos de lui tailler des croupières.

Longtemps ils ont craint que les peuples concernés ne la sabotent avec leur sentimentalisme rétro. À présent ils ôtent leurs masques, convaincus que les élites, les classes moyennes et les jeunes sont ralliés à l'idée supranationale. Ce qui n'est pas faux.

Les peuples suivront, tant qu'ils s'enrichiront. On recycle leur patriotisme dans le folklore du « supporter ». On l'oriente vers le « régional », exhumant à cet effet les provinces d'autrefois dont les ducs font du « lobbying » à Bruxelles et « communiquent » goulûment. Devant l'immeuble du conseil régional de Midi-Pyrénées, à Toulouse, le drapeau occitan flotte en majesté, flanqué du drapeau européen à sa droite, du tricolore à sa gauche.

On sera essentiellement européen, accessoirement normand, lombard ou gallois, et le secteur privé sponsorisera ces patriotismes d'opérette. On se souviendra de la France quand la tête de Zidane fera mouche. Alors on brandira des drapeaux tricolores et on chantera *La Marseillaise* au Stade de France. Les clameurs ne réveilleront pas nos rois qui dorment dans la crypte de Saint-Denis dont le clocher et le toit verdâtre entrevus derrière le métal de l'arène paraissent minuscules. On n'a jamais autant chanté *La Marseillaise* dans les stades, c'est un râle de moribond, un chant du cygne, un *Dies irae*.

On enverra encore des députés palabrer au Palais-Bourbon : il y a un capitole dans chaque État américain. Des VIP précédés de motards entretiendront la symbolique d'un pouvoir qui ne leur appartient plus, ils sont les premiers à le reconnaître. On n'exclut pas que leurs ministères se fassent sponsoriser par des multinationales.

Bientôt, croit-on, l'Europe « unie » rayonnera : son passé en témoigne. Car le passé qu'on disqualifie pour soutenir la thèse de l'obsolescence des nations, on le magnifie pour célébrer l'épanouissement de la vie intellectuelle du temps où Albert le Grand enseignait tantôt à la Sorbonne, tantôt à Cologne, en oubliant que l'unité était linguistique et morale, pas politique. Elle reposait sur l'ambition, commune aux meilleurs esprits, de trouver la synthèse des Écritures, de Platon et d'Aristote.

Rien de tel, que l'on sache, n'anime les boursiers d'Erasmus, et en flânant autour des stands européens on ne relève pas le moindre signe d'une quête partagée ; plutôt les traits résiduels des tempéraments nationaux sur une toile de fond barbouillée par le rêve américain.

Les européistes les moins frileux préconisent une autonomie diplomatique et militaire. Pourquoi pas ? Mais si elle ne vise qu'à protéger l'euro, comme la diplomatie de Washington protège le dollar, les peuples déshérités ne sont pas au bout de leur calvaire. Puisqu'il est entendu que nous ne nous ferons plus jamais la guerre, la future « sécurité européenne » risque de se borner à dissuader les misérables (sous-entendu : bronzés et/ou islamistes) d'attenter à notre fric et de passer nos frontières.

Le désordre qui règne à l'est du continent, où les peuples ont encore un pied et demi dans l'Histoire, justifierait en théorie une défense commune. Encore faudrait-il que les nations européennes s'en donnent les moyens, partagent des objectifs et surtout que les Américains consentent à quitter les lieux en laissant les clefs. Il semblerait plutôt qu'ils cherchent dans les Balkans un alibi pour pérenniser leur présence le moins loin possible de la Russie et des zones pétrolifères.

Le temps a escamoté le fantôme de Hitler, une germanité toute neuve s'impatiente. Elle a passé la porte de Brandebourg sous les regards ahuris de Mitterrand et de Gorbatchev. Elle a fait son retour symbolique à Rome en remportant le Mondial en 1990, son retour politique en imposant discrètement la reconnaissance de la Slovénie et de la Croatie pour effacer l'invention de la Yougoslavie, scabreuse à son aune.

Elle investit méthodiquement en Autriche, en Pologne, en Tchéquie, en Slovaquie, en Hongrie, chez les Baltes et au-delà. Elle développe patiemment une politique germanophone, ayant compris, elle, l'importance du linguistique. Ainsi finance-t-elle, à haute dose, des cours de langue allemande dans les sphères universitaires et diplomatiques des pays de l'Est.

Rien de plus naturel, ce sont ses marches historiques, ses futurs marchés posthistoriques. On s'en aperçoit en regardant la position de Berlin sur une carte. Berlin, nouvelle capitale de l'Allemagne, loin de Bonn, ce havre rhénan de villégiature. Berlin, laboratoire de la modernité, loin de nos rêveries giraldussiennes enroulées autour de la Lorelei.

Il ne faut pas avoir peur de l'Allemagne. La réconciliation scellée à Reims par de Gaulle et Adenauer cimente une amitié durable et la germanité ne redeviendra pas la proie des démons que l'on sait. Elle est vaccinée, mieux que nous si l'on fait le compte des votes protestataires et des retours névrotiques sur les années sombres de l'Occupation (confession de Mitterrand, procès Papon, etc.). Nous n'avons rien à craindre de l'inconscient allemand, il est aussi américain qu'ailleurs ; à peine trouve-t-on son rock plus hard, son art plus enclin à l'exploration des ténèbres de l'intériorité : séquelles d'un romantisme lacéré par la culpabilité. Ça va leur passer, les dirigeants nouveaux sont nés après l'effondrement du IIIe Reich, le nazisme n'est que l'épisode le plus catastrophique de leur histoire, un *best*, un *must*, un superlatif au musée des horreurs ; le moment approche où ils le verront avec les yeux de l'historien.

L'Allemagne mérite son statut de grande

puissance, elle l'a payé très cher. Je me souviens des auberges lorsque j'habitais en Allemagne, au milieu des années 60. Pas un homme, rien que des femmes devant leur bière ou leur schnaps — des femmes au regard terne, tourné vers l'intérieur où se déroulait en images sanglantes le film de l'irréparable désastre.

La roue de l'infortune a tourné, l'Allemagne s'est relevée. Il a fallu du temps pour que le sommeil d'un Allemand de mon âge ne soit plus hanté par le spectre d'une croix gammée. Ce temps est arrivé : ayant cotisé à Bruxelles très au-dessus de sa quote-part, l'Allemagne entend peser à proportion, nul n'a le droit de le lui reprocher.

Elle sait ce qu'elle veut : exister. Elle sait comment : l'économie. Son patronat est patriote, nous aimerions en dire autant du nôtre. Elle pratique mieux que nous la démocratie représentative et sa cogestion sociale est un modèle du genre.

De Frédéric II qui était francolâtre à Kohl qui est francophile en passant par Bismarck qui était francophobe, cette nation qui se voulut, dans un passé lointain, « sainte » et « romaine » n'a cessé de chercher ses aises. Elle est en train de les trouver à l'est et au sud. Tant mieux pour elle. Tant mieux pour nous : qui ne préfère une germanité sereine plutôt qu'humiliée ?

Reste que, par ses capacités et sa géographie, l'Allemagne sera le pivot de l'Europe aussi longtemps que prévaudra l'économique dans la conception d'une cité désormais planétaire. Autant le savoir. Schröder et Fischer le savent. Clinton le découvre.

En vérité nos élites le savent tout autant ; on perçoit dans leur approche, mêlée à un pacifisme sincère, comme la fuite en zigzag d'un gibier traqué. En zigzag, en crabe, à tâtons, à reculons. Ils ne vont pas à l'Europe en conquérants, ils s'y insinuent comme un dadais dans un bordel. L'Europe est leur dernière concupiscence avant le retour d'âge et l'Allemagne les rassure. Elle nous apprendra à produire, à exporter, à capitaliser, à gérer les aigreurs corporatistes et à mater les immigrés indociles. L'euro sera fort, nos boursiers feront leur pelote, le niveau de vie de nos enfants restera enviable : que souhaiteraient-ils d'autre ? Dès lors que la solitude nous effraie, quoi de plus logique, rationnel, raisonnable et réaliste que d'accrocher le wagon rouillé de notre avenir à une locomotive aussi « performante » ? Faute de vision, faute d'ambition, la dilution de la partie France dans le tout Europe leur paraît une issue d'autant plus avouable que nos partenaires s'y dissoudront autant que nous.

Enfin, pas tout à fait avouable. Ils tâchent de se persuader que la France, entre Germains, Anglo-Saxons, Latins et Scandinaves, avec l'appoint d'une poignée de Slaves, aura son rôle dans la partition. Dans le secret de leur conscience, ils savent que ce rôle sera modeste : une réserve touristique, des produits de luxe, quelques secteurs industriels de pointe pour éviter que le petit coq gaulois ne se dresse sur ses ergots. On lui consentira des exhortations ponctuelles à la défense des « droits de l'homme », spécialité française dans les discours — et même un zeste d'humanitaire, dans des limites budgétaires « raisonnables ».

La politique étrangère de la France est la seule qui parfois transcende ses intérêts économiques. On peut faire confiance à ses partenaires pour couper les ailes de son universalisme, si timoré soit-il. Chirac *agace* lorsque, dans les conférences du G 7, il rappelle que le Sud essuie les plâtres de notre « développement ». Il agace quand il va prêcher le bon droit au Caire, à Beyrouth, à Jérusalem ou à Mexico. De quel droit ? pensent les eurocrates. Pour quel rendement ? Il serait temps, estime-t-on de Stockholm à Athènes, que la France normalise sa diplomatie autant que son économie, et se contente de booster ses exportateurs. Ses arrogances sont d'un autre âge, on les acceptait de de Gaulle, parce qu'il était historique.

On peut toujours rêver d'une France altière qui tirerait l'Europe vers l'idéal au lieu de bétonner un semblant d'Amérique sous l'égide des banquiers. À supposer qu'elle en ait le désir, ce serait sans doute trop tard : ce patchwork de cantons ne formera vraisemblablement qu'une nation amorphe, un ventre mou comme l'empire des Hohenstaufen après Barberousse ou celui des Habsbourg au début de ce siècle. L'Allemagne perdra sa substance à mesure qu'elle gagnera des parts de marché et rachètera des entreprises pour édifier des géants cotés à toutes les Bourses. Elle est tellement américanisée que la dialectique de sa puissance et de sa dilution risque de lui donner des vertiges. Ou des nausées. On se trompe en croyant qu'une entité européenne conforterait ses liens avec la France, qui ne sont pas banals. Au contraire, une France ancrée en Méditerranée, proche des Arabes et présente en Afrique, une France qui produirait des Hoche plutôt que des Talleyrand de pacotille exercerait sur la conscience allemande un attrait susceptible d'équilibrer ses attirances ataviques pour les plaines de l'Est, ses dépendances psychologiques vis-à-vis de Washington. Aucun pays n'aurait plus besoin, et au fond plus envie, d'une France autonome.

La Foire du livre s'achève. Comme chaque année on proclame le lauréat du prix Nobel de littérature. Saramago. Personne ne le connaît. Brève effervescence autour du stand de son éditeur. Il y a quelques automnes, c'était Seamus Heaney dont le sens compliqué des racines et de l'exil intime me touche beaucoup. Personne ne le connaissait, ce n'est qu'un poète et ce n'est qu'un Nobel, on peut acquérir ses droits pour pas cher mais on aura du mal à le vendre.

En regagnant l'aéroport je revois les GI de la guerre froide qui baguenaudaient dans les rues en chantant des rocks. En ce temps-là, qui nous paraît lointain, l'Europe (occidentale) avait une réalité, née d'une nécessité — et c'étaient les Américains qui décidaient de tout.

Je pense à Cohn-Bendit, ancien maire adjoint de Francfort, député européen, Dany le rouge mis au vert avant sa conversion au fédéralisme, au libéralisme, au monétarisme. Ses *ismes* étaient plus flamboyants du temps où il embrasait le quartier Latin. Sic transit. On a le droit de vieillir, et j'accorde à Cohn-Bendit le bénéfice de la sincérité : il croit, comme tout le monde à droite ou à gauche, dans les sphères de l'intelligentsia comme de la technocratie, que l'ordre de ce monde est le seul possible. Reste qu'avoir lâché tant de ballons dans le ciel de la révolte pour finir en apologiste d'une fédération de nantis, c'est moche.

Lifou. Ciel bleu. Lagon vert. Foc sur l'océan. Chants des merles des moluques. L'alizé agite les feuilles des bougainvilliers dont le rose se tache d'orange. Danse des palmes d'un bananier gorgé de fruits énormes. Béatitude dans cette aube musquée, devant cette onde immobile.

C'est le décor même du paradis découvert par les navigateurs de la Renaissance, théorisé par Rousseau, décoré par Bougainville après son voyage à Tahiti, par Cook qui a abordé et nommé la Nouvelle-Calédonie, par Bernardin de Saint-Pierre aussi, au crépuscule des Lumières.

Curieusement, l'imagerie paradisiaque n'a pas changé depuis. Toutes les agences de voyages vendent le même exotisme : une baie cernée de cocotiers avec le sable blond ou blanc, l'onde verte ou bleutée, l'azur en toile de fond — et une présomption de « bon sauvage » dans une forêt luxuriante accessible aux 4 × 4. Gare aux requins et aux serpents, disent les prospectus, afin qu'une menace « naturelle » délimite l'espace de la béatitude.

Riches ou pauvres, les Occidentaux ont ce cliché en tête : un corps allongé sur le sable (variante : le pont d'un yacht), yeux clos, la rumeur océanique de l'infini, la baie pour enclore cet infini, l'immobilité pour accéder à l'oubli du monde. Quand on baisse les paupières, on voit passer des couleurs. Elles composent des tableaux tantôt pointillistes et tantôt abstraits, ils se succèdent sans qu'on puisse fixer une forme. On vogue sur l'informe. Le soleil procure une léthargie qui reflète une aspiration au non-être.

Hier, dans une baie de Nouville, près du port où accostaient les bagnards, j'observais des femmes adonnées au bronzage. Elles huilent leur corps, sur pile et sur face. Le vêtement est réduit à une ficelle entre les fesses afin que chaque segment de l'anatomie reçoive son dû solaire. Étranges vestales d'un culte de l'immanence, aucunement érotique en dépit de la nudité : cette viande brunie sur tranche n'est pas offerte au désir mais vouée à la célébration narcissique d'un ego. Abolition de toute altérité. Du reste le regard est empreint d'une gravité calviniste, les jambes s'ouvrent pour bien dorer jusqu'à l'aine puis le corps pivote comme un poulet sur une rôtissoire, le dragueur en est pour ses frais.

C'est un office. On peut l'interpréter comme un *retour* aux antiques cultes solaires. La fin de nos histoires a peut-être débuté quand l'érotique des Occidentaux a cessé de valoriser la blancheur de la peau pour se bercer d'une nostalgie des supposées *origines* en désirant la peau cuivrée (par les éléments) du « bon sauvage ». Il faut rapprocher la passivité aux fins régressives du bronzage de son double activiste : le jerk universel, cette oscillation binaire, le dandinement monotone de l'ours dans sa cage qui sans doute fut celui de nos ancêtres dans leurs cavernes.

Impuissance des *négatifs* du mythe. La tristesse des vahinés de Gauguin a beau être irrémédiable ; Chadourne, Pierre Benoit, Simenon, Reverzy, Fletcher ont beau nous peindre l'enlisement d'une âme occidentale qui accoste aux îles du Sud avec nos illusions rédemptrices, les îles continuent de les bercer. C'est à Tahiti que j'ai vu les êtres les plus déchus, les plus désemparés, les plus amèrement conscients de s'être fourvoyés, et cependant le mythe est si profondément ancré qu'une part de moi-même aspirait à l'hébétude moite sur quelque atoll des Tuamotu.

Stevenson n'est que partiellement responsable : la nostalgie des origines rejoint celle de l'*aventure*, fût-ce de l'anéantissement, pour réintroduire du tragique dans nos théâtres intérieurs. On n'y représente plus que des drames privés. Mais une vie offerte au hasard, ou à la fugue, une vie qui se risque corps et biens est incompatible avec la modernité : les ego ne revendiquent que des droits et ne veulent pas défier la mort. Or, goûter l'aventure, c'est jouer sa peau à la roulette russe, il faut au moins une balle dans le barillet pour l'authentifier. Sinon, on en reste au frisson frimeur. On peut encore, à condition d'être riche, tirer un lion comme Hemingway derrière le mont Kenya ou assister à un cérémonial vaudou dans les Caraïbes. On pourra sans doute jouir du spectacle d'une guerre historique, en y mettant le prix et en signant préalablement un contrat d'assurance : le tourisme sexuel est florissant, le tourisme guerrier peut rémunérer les mêmes bas fantasmes. Sait-on qu'un tourisme meurtrier a proposé récemment des safaris en Amazonie où l'on pouvait faire des cartons sur des Indiens ? L'Occident en est là, dans ses marges fangeuses ; il s'offre des fictions d'aventure sur le dos des pauvres « historiques » mais on ne peut plus, on ne veut plus planer en funambule sur la corde du tragique. Les moins béats s'évadent dans l'alcool, la drogue, le zen ou l'exploit : traversée de l'Atlantique à la rame, tour du monde à bicyclette. Les plus désaxés canardent des inconnus dans la rue, au hasard. Il n'est pas innocent que le mot aventure soit grevé d'une connotation ambiguë en matière amoureuse, et franchement péjorative en matière politique.

Le support local du mythe des origines, c'est l'indigène canaque. Son altérité fascinante fut explorée par Maurice Leenhardt au début de ce siècle. Il vint ici en qualité de missionnaire pour évangéliser des tribus ravagées par l'alcoolisme et se fit ethnologue par la voie du cœur, qui n'est pas la plus méprisable. Il fut un pionnier de l'ethnologie «de terrain», après celles de Morgan, de Lévy-Bruhl et de Mauss qui théorisaient sur documents, non sans préjugés. Désireux de connaître l'âme des Mélanésiens qui peuplent ces îles depuis deux millénaires, Leenhardt a appris les trente-six langues indigènes, et tâché de décrypter la métaphysique, pour autant qu'un Occidental judéo-chrétien y puisse prétendre. Il a d'ailleurs traduit les Psaumes et les Évangiles en canaque, et découvert de fortes similitudes entre le Lévitique et la vision mélanésienne du monde. Il en a découvert d'autres avec les légendes africaines, en renfort d'une thèse, généralement admise, selon laquelle un fond mythique originel serait commun à toutes les cultures.

Sa probité intellectuelle l'a conduit à décréter d'emblée que la «primitivité pure» nous est inaccessible, puisque enfin l'ethnologue, par définition, étudie avec *son* outil conceptuel des pensées altérées par l'impérialisme, et qui évoluent au fil des relations avec le colonisateur.

Cependant on apprend dans *Do Kamo*, son œuvre magistrale, que la pensée canaque n'était pas bipolaire comme la nôtre depuis les Grecs. Un vitalisme y transcende les ambivalences, il n'y a pas de négativité, tout revient à la vie, même la mort ; le soleil continue de briller dans la nuit. La notion clef de « bao » décrit l'univers des défunts et des divinités, non comme un infra-monde, ou comme un outre-monde, mais comme un avers du monde. Pensée énergétique. Panthéisme absolu. Holisme sans faille : l'individu s'inscrit dans un processus, il n'est jamais seul mais accouplé à un double fonctionnel qui le tire du néant quand il gagne la région des morts.

Pensée envoûtante, dont l'étrangeté m'a désemparé lorsque j'ai visité le Musée canaque de Nouméa. Dans cette forêt de chambranles et de flèches faîtières, devant ces masques qui superposent les plans du visage, j'ai senti, physiquement, une présence de l'invisible.

J'étais en lisière, une force obscure voulait me happer, tout en moi y consentait. Tout, sauf la conscience d'une frontière. En dépit du dépaysement esthétique, je me sentais en territoire plus familier qu'à l'intérieur du rationalisme de mes contemporains. Je me croyais capable d'entrer dans ce dédale pour y rencontrer des frères inconnus émargés du divin.

Le même sentiment m'assaille lorsque, au musée de la porte Dorée, dans celui de Dakar ou au British Museum, je contemple des masques ou des statues. Contempler n'est pas le mot juste. Lequel traduirait plus adéquatement ce désir violent d'atteindre l'autre rivage de la conscience, celui où les *écarts* se résolvent ?

Ce désir atteignit un jour un paroxysme bizarre à Tervuren où se trouve un des plus beaux musées d'art africain. J'étais en compagnie de spécialistes éminents. Soudain, devant l'effigie d'un roi kuba, j'eus le sentiment d'être de son bord, *contre* l'érudition de ses commentateurs. Leur ethnologisme, leur esthétisme, la tonalité même de leur curiosité me paraissaient entachés d'imposture. Ma présence saugrenue était en soi une trahison. Je haïssais ce regard d'Occidental sur les mystères de l'art nègre ; et d'autant plus qu'il était aussi le mien, fatalement. J'étais à nouveau ligoté dans la camisole du tourisme culturel, voyeur malgré moi d'un sacré qui *excite* notre pâle incrédulité alors que j'eusse voulu qu'il m'inspirât, au même titre que l'Antiquité inspirait l'aventure des hommes de la Renaissance.

Et je repensais à Jean Colin, cet ancien administrateur issu de l'École d'outre-mer de la rue Michelet, gouverneur à Abidjan, puis à Dakar, qui lors des indépendances africaines choisit la nationalité sénégalaise, devint le collaborateur intime de Senghor puis de Diouf, secrétaire général du gouvernement, ministre de l'Intérieur, chef du parti dominant. Il épousa une

Sénégalaise et, dans les négociations avec Paris, cet homme blanc de souche exclusivement française fut toujours le plus âpre.

Le destin de Colin m'a toujours fasciné, sans doute parce qu'à sa place j'aurais réagi semblablement. Du moins, j'en aurais eu la tentation. De sorte que, me trouvant à Dakar, alors qu'on le disait malade et près de sa fin politique, j'obtins d'être convié à une réception où il était annoncé, simplement pour le rencontrer. Visage orné d'une barbiche, assez impénétrable. Il m'a paru désenchanté. L'Afrique l'avait-il déçu ? À quel point de métissage mental était-il parvenu ? Celui de Senghor, agrégé, normalien, académicien mais auteur des *Éthiopiques*, est-il le point limite ? Si une patrie, c'est une langue, Senghor n'est qu'un membre d'élite de la francité de souche sérère et de peau sombre — et Colin, un Blanc qui cherchait son ombre noire. Mon inclination pour la négritude refléterait-elle un désir banal d'évasion vers les limbes d'une pensée antérieure aux grandes ruptures entre conscience et cosmos, objet et sujet ? Pas seulement. Je refuse cette vision évolutionniste, dominante chez les ethnologues, qui relègue la pensée dite « magique » dans l'enfance de l'Histoire. Altérité n'est pas infériorité. Les cultures extra-occidentales ne sont pas « prélogiques » comme le croyait Lévy-Bruhl, elles relèvent d'une logique irréductible à celle de l'Occident. Lévi-Strauss a montré le racisme latent d'un

« progressisme » enclin à hiérarchiser les peuples selon leur degré de « développement », et Jean Brun a mis en lumière la forte teneur mythologique du rationalisme technicien. L'Occident aussi a trempé sa pensée dans la magie ; au regard de l'incrédulité moderne, ses sources sont sur un pied d'égalité avec la pensée dite « sauvage ».

Colin est mort depuis. Souvent je parle de lui à des politiques sénégalais. La plupart le tenaient en suspicion : le métissage de l'esprit fait aussi peur que celui du sang.

Centre culturel Jean-Marie-Tjibaou, à Nouméa. Mitterrand l'avait promis au chef du FNLKS lors de la signature des accords de Matignon en 1988, pour signifier la prise en compte de l'« identité » canaque.

L'identité ! Ce mot fait fortune depuis que le monde se normalise. On le fait précéder généralement des verbes garder ou préserver. Il est entendu qu'un village, une ville, une région, une nation, une religion, une institution, un club, une entreprise, doivent préserver leur identité. Parfois on dit culture, au lieu d'identité ; parfois l'identité est dite culturelle. L'accolage des deux mots vaut exorcisme : on voudrait oublier que les singularités matérielles ou spirituelles s'estompent, qu'elles sont sursitaires et jouissent d'une tolérance à proportion de leur innocuité.

Dans ma région, c'est l'identité rurale qu'il faut «cultiver»; son exaltation clôture immanquablement les prêches électoraux. On sait ce qu'il en reste. En Nouvelle-Calédonie, l'identité canaque est au menu de tous les débats, à l'articulation de tous les discours.

Renzo Piano, l'architecte de Beaubourg, a signé le centre Tjibaou : une armature ovoïde, en bois (africain) censée suggérer l'infrastructure «idéale» d'une case canaque. L'ambition avouée de Piano était d'inscrire l'essence d'une esthétique traditionnelle dans la «modernité», démarche comparable à celle du concepteur de l'opéra de Sydney.

On retrouve la question de fond : compatibilité ou pas d'une culture «primitive» avec les techniques contemporaines et la vision du monde qui les supporte. Elle est au cœur de l'angoisse de tous les peuples dont la «modernité» invalide la métaphysique, et détruit les mœurs par voie de conséquence. Elle lancine aussi l'Occident, mais différemment : la modernité a triomphé depuis la fin de la Deuxième Guerre mondiale, ou depuis Voltaire, ou depuis Descartes, peut-être depuis Moïse ou depuis Pythagore; les débats ne portent plus que sur les modalités de son règne.

Poser la question, c'est y répondre : il y a incompatibilité radicale.

Les Canaques le savent pertinemment, qu'ils soient chefs coutumiers, leaders politiques ou citoyens de base, qu'ils habitent Nouméa ou une terre ancestrale. Tout le monde le sait. Mais on refoule cette évidence. Elle fait peur et il y a de quoi. Le « culturel » dont on embaume l'« identitaire » participe de ce refoulement.

Aucune cosmologie « traditionnelle » n'est compatible avec celle des astrophysiciens.

Aucun animisme n'est compatible avec la physique, la chimie, la biologie qu'apprennent tous les écoliers du monde. À peine tolèrent-elles la légitimité accessoire de quelques savoirs empiriques. Les plantes ont des vertus curatives, mais les molécules sont d'une efficience incomparable, cela se sait au tréfonds de toutes les brousses. C'est le glas du règne des sorciers, le crépuscule des magiciens.

Aucun ordre social, politique, économique « traditionnel » n'est compatible avec le droit romain, l'habeas corpus, les principes égalitaires, la démocratie représentative et les lois du marché.

Aucune des structures mentales inventoriées par l'ethnologie, aucun savoir « englobant » ne sont compatibles avec la logique d'un ordinateur.

Personne n'ose claironner ce constat effrayant que je dresse sans plaisir, car il néantise ma ou mes « cultures », autant que celle des Canaques. On préfère entretenir l'illusion que la « culture » est indépendante de la technologie, qu'elles peuvent coexister, comme les cases de feuillage séché au toit conique des tribus canaques avec le « dur » que le chef fait construire à côté s'il en a les moyens. Mais le dur prolifère, pas les cases ; et il est indifférencié : toutes les bicoques de pauvres se ressemblent, ainsi que tous les bidonvilles et toutes les villas des classes moyennes avec leur panneau de basket. L'habitat moderne est uniforme, comme les structures mentales, parce que émancipé d'un matériau lié à la géologie et de formes dictées par la tradition. Il ne se définit plus par le lieu, mais par la date.

L'autonomie du culturel est l'alibi des fondamentalistes qui promeuvent le cliché d'une jeune fille voilée, pieuse comme il se doit et présumée très chaste, penchée sur un ordinateur dans un laboratoire de pointe pour se prouver qu'islamisme et technologie peuvent faire bon ménage. Ils peuvent cohabiter, aussi longtemps que le divorce sera interdit, la femme recluse et l'adultère sanctionné. La contradiction s'approfondira entre les valeurs proclamées et les choses convoitées qui, par essence, *démoralisent* à proportion qu'elles émancipent. Déjà la « modernité » se profile en Iran derrière l'« ouverture » diplomatique et commerciale. Elle ouvrira d'autres portes, Khatami et Souroush auront raison de Montazeri, et l'ordinateur finira par ôter le voile.

Les geôliers de Jean-Paul Kauffmann, islamistes très convaincus, lui confiaient entre deux dévotions leur rêve de dévaler Sunset Boulevard au volant d'une Cadillac. Victoire du rêve américain dans des cœurs possédés par la haine de l'Amérique. La rage des talibans vise juste en interdisant les cassettes et la télévision : les feuilletons et la techno sont des ennemis autrement efficaces que l'Armée rouge, ils finiront par imposer notre relativisme à Kaboul comme à Khartoum, à Alger ou à Islamabad. La folie meurtrière en Algérie est un constat d'impuissance : l'« infidèle » qu'on voudrait exterminer, tapi dans l'âme même du tueur, est paradoxalement invulnérable.

Aussi l'islamisme politique n'aura-t-il qu'un temps, même s'il prend le pouvoir dans quelques pays et si Ben Laden fait quelques émules. Ce théocratisme, seule alternative au capitalisme depuis la fin du marxisme, aurait pu s'honorer de cette exception. Résister aux déferlantes d'un Occident qui acculture avec un mépris brutal : le propos en soi ne mérite pas l'opprobre, encore que nous ayons appris à nous méfier des religieux quand un pouvoir leur lâche du gibier hérétique. Mais le fondamentalisme s'est déconsidéré (à nos yeux, pas aux siens) en se tachant les mains de sang. Trop de jihad, de fatwas, trop d'égorgeurs et de tortionnaires, trop de cynisme aussi l'ont mis au ban de l'humanité, dans l'enfer « historique » des rédempteurs totalitaires. Les peuples de l'aire musulmane ne méritaient pas ça. Ils ne le subiront pas indéfiniment : les fanatismes religieux écrivent le dernier chapitre des identités closes et des divinités rivales.

Voici le « sentier canaque » aménagé pour les visiteurs du centre Tjibaou. Un intellectuel canaque équipé d'un téléphone cellulaire m'en décrit la symbolique en usant du langage ethnologique appris dans une université française. « Chez nous, explique-t-il, l'igname, le tarot, le niaouli, la mangrove, la pierre sacrée représentent... »

Les liens qui unissent l'âme canaque aux éléments ne sont pas incompréhensibles. Nous sommes capables encore d'une communion avec les plantes, les arbres, la terre, la mer et le ciel ; du moins ceux d'entre nous dont le cerveau reptilien a gardé un fond de panthéisme. Il se réveille à l'occasion, quand le temps s'immobilise dans un décor approprié. Puis il se rendort, et la conscience retrouve sa solitude. Celle de ce guide autant que d'un Occidental. Son propos rend un son bizarre. Sa logique discursive est parfaitement aristotélicienne, et irréprochable sa maîtrise de la langue française. Au fond du fond, ce Canaque est un « moderne » imbu de ses « racines » au même titre que moi, que nous, que tous les locataires de cette planète où les travaux du deuil entretiennent le dernier grand chantier de l'Histoire, celui de la mélancolie.

L'âme canaque est une damnée de l'Histoire. Comme l'âme de toutes les « cultures » que l'Occident a soumises pour conquérir le monde avec sa raison du plus fort. La mienne ne s'en console pas. Si j'aime autant musarder dans les livres des ethnologues, tout en sachant que l'existence même de l'ethnologie, et des autres sciences humaines, relève en soi d'un impérialisme mental, c'est pour y retrouver des façons d'être, de penser et d'agir dont je me sens mystérieusement complice. J'aime infiniment l'âme des peuples qui baignaient dans leur âme ; la blessure du colonisé me touche davantage que l'aventure du colon, à laquelle pourtant je ne suis pas insensible : quel Occidental n'a rêvé de poser son baluchon sur une terre vierge, loin de nos Sodome et de nos Gomorrhe, pour y refonder son jardin d'Éden ? Je n'en partage pas moins l'écœurement rétrospectif de Christian Karembeu, international français de souche canaque, dont le grand-père était un des « sauvages » amenés de Nouméa à fond de cale pour être exhibés à l'Exposition coloniale de 1931, à peu près au même rang que les animaux du zoo implanté pour la circonstance dans le bois de Vincennes.

Mais l'âme canaque ne pouvait ajourner son agonie que dans un univers clos. Leenhardt le savait bien. Elle a résisté au colonisateur, non sans traumatismes, parce que le préjugé raciste et les révoltes indigènes ont relégué les tribus hors de la vie sociale. Elle est moins altérée dans les îles que sur la Grande-Terre parce que les îles, dès le début de la présence française, ont été décrétées réserves d'indigènes.

C'est pourquoi ce centre « culturel », si coté sur la rive gauche de la Seine, m'inspire de la circonspection. Sous couvert d'exalter une identité, il maquille son obsolescence en la colonisant une nouvelle fois avec un mélange de candeur, de culpabilité et de démagogie. J'ai rencontré Marie-Claude Tjibaou, que les intelligentsias occidentales mettent en exergue. La sincérité de son discours n'est pas douteuse, mais ses deux volets n'ouvrent pas la même fenêtre : l'âme canaque et la conscience « de gauche », donc occidentale, s'annulent en se superposant. Faire du « culturel canaque » revient à nier sournoisement l'authenticité d'une culture qui ne saurait s'affirmer qu'en opposant à la modernité un veto radical. Ce veto n'est plus envisageable, à supposer qu'il l'ait jamais été. Partout où l'Occident a porté ses armes avant de poster, disait Simenon, un percepteur et un gendarme, les « cultures » indigènes ont baissé pavillon et n'ont survécu que subsidiairement. Partout.

Si j'étais canaque, je préférerais qu'on me laisse vivre mes contradictions avec ma parentèle, mon clan, et ce que mes ancêtres ont déposé dans les sous-sols de ma conscience. Vivre en buvant jusqu'à sa lie cette contradiction tragique entre *ma* culture et *la* modernité. La vivre à mon gré, à mon rythme, le plus longtemps possible, sachant que l'individu technicien et consumériste exalté derrière tous les écrans s'épanouira en Nouvelle-Calédonie comme ailleurs — et quel leader du FLNKS ne le souhaite ?

Les révoltés canaques de 1878 ou de 1917 revendiquaient leur dignité et le recouvrement de leurs terres. Les émeutiers de la place des Cocotiers en 1984 exprimaient les revendications des prolétariats européens, fondues dans le pathos tiers-mondiste des années 70. Le simple fait de convoiter un emploi rétribué traduit une adhésion à l'approche occidentale du *travail*, conçu comme mode capital d'épanouissement. Ce *préjugé* doloriste n'a existé dans aucune société « primitive » ; c'est pourquoi le colon, où qu'il ait défriché, s'est toujours plaint de la *paresse* du colonisé. La valorisation universelle du travail, fruit pourri du prométhéisme et du monétarisme, élargit la contradiction entre le désir de « développement » et le respect de la coutume. La femme qui convole sans l'aval de son clan, l'agriculteur qui convoite un lopin « privé » attentent à leur culture, quoi qu'ils en aient — et le gamin qui quitte sa tribu pour aller au lycée à Nouméa désirera tout autant qu'un métropolitain la télévision, un walkman, un ordinateur, une voiture. Il regardera des feuilletons américains et écoutera la même techno qui fait danser les estivants, le soir, dans la salle polyvalente de mon village.

Cette contradiction affleure dans les poèmes superbes de Déwé Gorodé, la pasionaria des indépendantistes canaques : ils disent une dépossession qui fut la nôtre en d'autres temps et qu'aucune révolution à l'ancienne ne saurait enrayer.

Dans la brisure de l'aube
elle court encore la rosée rebelle
des clairs matins de Kavaky...

Il y a d'autres bons écrivains en Calédonie, émules de Mariotti, provincialistes si l'on veut, mais que l'histoire et le destin de ces quelques îlots francophones tirent vers l'universel. La problématique de l'acculturation, du métissage et de l'isolement leur offre de la matière en fusion.

La ville est blanche, douce au creux de ses collines et encline, dirait-on, à se laisser posséder. Les rues quadrillées mènent toutes à la place des Cocotiers. C'est un abus de langage : sept palmiers royaux s'élèvent autour de l'ancienne mairie, hauts dans le ciel, avec sous les palmes de jeunes pousses d'un vert tendre. Il y a un kiosque à musique, une fontaine et, au fond, une mairie moderne, aussi banalement laide et inadéquate que nos édifices contemporains. On me dit qu'elle est « fonctionnelle » ; donc elle ne le sera plus dans peu de temps.

L'ancienne est un joli modèle d'architecture « coloniale ». On en a fait un musée qui suggère la vie provinciale dans la France de la Belle Époque, un peu avant, un peu après. Des crinolines, des cabriolets, des bondieuseries, des buffets Henri II. C'est toujours émouvant d'imaginer des gens issus de Vesoul ou de Romorantin transplantant leur barda aux antipodes de leur terroir. Des panneaux récapitulent l'étrange saga calédonienne : les Canaques, le bagne, les religieuses de Marie de Cléry, Louise Michel, les immigrants japonais, puis javanais, puis vietnamiens, les GI, le nickel...

Que deviendra ce TOM de deux cent mille habitants, dont plus de la moitié vivent à Nouméa ? Le hasard m'a lâché ici à la veille d'un référendum : on votera dimanche pour approuver les futures institutions calédoniennes. Autre hasard : un de mes amis a créé un parti dissident du RPCR de Lafleur et milite pour le « non ». Lafleur apparemment ne le lui a pas pardonné. Lafleur, le roi blanc de ces îles, ubuesque et paranoïaque si j'en crois ses ennemis. Officiellement, il est député, et président de la province sud. Officieusement, il contrôle tout et de très près.

Le référendum, prévu par les accords de Matignon, vient d'être avalisé par les accords dits de Nouméa. Lafleur et le FLNKS appellent à voter oui, ainsi que Chirac, Jospin et leurs partisans respectifs. Étrange unanimité, comme à Versailles où le Congrès a adopté ces accords agrémentés d'un préambule qui n'aura jamais les honneurs du *Lagarde et Michard* : le rédacteur est sûrement énarque.

L'intention est louable : la République reconnaît le fait colonial, le dol infligé aux Canaques, l'évidence de leur héritage culturel, tout en concédant aux Calédoniens de souche européenne le droit de vivre dans leur pays. C'est un brouet faussement repentant et gauchement démagogique.

Le texte offense outrageusement quelques principes républicains : il limite le droit de vote, institutionnalise la «coutume» et accorde en matière d'emploi cette «préférence» que l'extrême droite réclame en métropole.

Lafleur conservera le pouvoir pendant une dizaine d'années, et après moi le déluge. Les notables du FLNKS, auxquels il distribuera des parts du fromage, comptent sur la démographie pour lui succéder; entre les lignes du texte des accords, il y a un sous-entendu racial, la garantie aux Canaques d'une prépondérance numérique. L'Européen ou l'Asiatique qui viendraient s'installer ne seraient pas des citoyens à part entière.

Les leaders canaques désirent-ils vraiment l'indépendance? L'exemple proche des Nouvelles-Hébrides devenues le Vanuatu n'est pas très engageant, mais une voiture avec fanion, des motards costumés, un avion présidentiel, ça flatte toujours la mégalomanie d'un politicien.

Nos dirigeants métropolitains n'ont d'autre visée qu'un attentisme précautionneux, ou un largage en douceur: ces îles sont lointaines, coûteuses, peu stratégiques et sujettes à des accès d'incandescence. On n'a pas trop envie de rejouer le drame d'Ouvéa et on ne sait pas trop comment s'y prendre. Alors, si le FLNKS et Lafleur s'entendent...

La France ne veut plus raquer à fonds perdus pour ses DOM et ses TOM. Elle est lasse des satrapes qui la déconsidèrent et on peut la comprendre. C'est en métropole que l'indépendantisme calédonien fait son chemin dans les esprits avant de rebondir aux Antilles, en Polynésie et à la Réunion où les accords de Nouméa vont faire monter les enchères. Tôt ou tard les fruits tropicaux tomberont de l'arbre de la francophonie, dans l'indifférence générale, la Calédonie deviendra un autre Vanuatu, appendice de l'Australie et «produit dérivé» d'Hawaii pour les lunes de miel des Japonais.

Les Américains hériteront de la Polynésie et des Antilles «françaises» sans acquitter le moindre droit de succession ; ils en feront des Bahamas quelconques. On gardera la Guyane, à cause de Kourou. On baissera le drapeau ailleurs et on tournera en rond dans notre Hexagone, comme un poisson dans son bocal. On pourra toujours aller se bronzer à Moorea ou à Saint-Barth.

Dès lors que la francophonie n'est pas prise au sérieux, et que la francité renonce à l'universalisme, à quoi bon suspendre un drapeau tricolore entre deux cocotiers ? Il faudrait rompre avec une démagogie ruineuse, raciste sur les bords, et administrer ces territoires dans l'esprit des notables de la IIIe République résolus à homogénéiser nos provinces pour y faire éclore des citoyens français. Il faudrait être d'autant plus directifs que ces territoires sont excentriques, et d'autant plus irréprochables qu'ils sont des points de mire dans leur région.

Il est plus facile d'arroser une éminence locale, à charge pour elle de traiter les ministres de passage, et de noyer sous la corruption les velléités autonomistes. Quand elles tournent à l'émeute, on lâche d'abord les CRS pour montrer ses biceps, puis on lâche du fric pour calmer le jeu avec l'arrière-pensée de lâcher tout court, si ça tournait mal.

Ça tourne mal. Les poussières de peuples que nous avons colonisés sont plus ou moins consciemment résignées à aller à l'indépendance comme Gribouille à la mare, au lieu qu'ils auraient pu participer, à de moindres frais pour la métropole, d'une communauté française originale dans l'administration de ses métissages. Du moins, il me plaît de l'imaginer.

Île des Pins. Décor paradisiaque. Le tourisme avance ses pions : plages aménagées, visites guidées des bâtiments pénitentiaires. Ceux de Nouville ont été « réhabilités » ; ici ils croulent dans la verdure, comme sur l'île au Diable au large de Kourou. Je pense à Dreyfus. Puis à Rochefort dont l'évasion fut romanesque. On m'a montré l'endroit précis d'où il avait nagé jusqu'à une felouque, laquelle l'avait conduit à un cargo accosté dans le port. Destination : Sydney. J'aime le tableau de Monet, au musée d'Orsay, inspiré par cette échappée belle : l'océan vert émeraude avec les reflets orange du soleil autour de l'esquif. On devine le cargo à l'horizon et on croit reconnaître Rochefort, visage pâle à barbiche. Encore une réminiscence congelée dans un musée.

Cet aimable factieux bien français, trop français, inspire une sympathie tempérée par ses dégagements antidreyfusards. Ambivalence odieuse de l'engeance humaine : hier victime, demain bourreau, à l'image des bagnards commis à la répression des Canaques en révolte et qui s'en acquittaient sans scrupule. Le taulard promu maton, c'est la recette politique du Diable, sous toutes les latitudes.

Les tombes du cimetière des déportés sont délimitées par du corail mort. Il y a les noms sur un monument. Si j'en avais le pouvoir, je ferais débaptiser toutes les avenues Thiers : la vengeance des Versaillais fut ignoble.

Je pense à Vingtras, le héros de Vallès, arpentant les rues de Paris insurgé d'une barricade l'autre, exalté, ennobli par la conscience au demeurant brouillonne de faire l'Histoire. À la fin, il s'enfuit à l'étranger : « Je regarde le ciel du côté où je sens Paris. Il est d'un bleu cru, avec des nuées rouges. On dirait une grande blouse inondée de sang. »

Je pense aux communards, avant le carnage, improvisant leur révolution à l'Hôtel de Ville. Je pense à Lamartine au balcon du même édifice, improvisant lui aussi après avoir rejoint d'autres insurgés. Je pense au verbe inspiré de Mirabeau à Versailles, à William Penn débarquant à Philadelphie, aux aubes faussement prometteuses d'un idéal qui toujours s'est payé de grands mots avant de se noyer dans du sang frais. Enfin, presque toujours.

Le projet révolutionnaire occidental et ses bâtards réactionnaires ou tropicaux ont toujours échoué parce que le venin du totalitarisme était à leur source : négation du Temps et du Multiple, retour magique à l'Un. De ce projet, nous sommes délivrés. Tant mieux. Personne ne préconise un type de révolution calqué sur la Terreur, Octobre 17 ou les socialismes utopiques. Les disciples de Marx sont dans les « poubelles de l'Histoire » et ils y resteront. Mais Marx est mort en 1883 ; on ne peut de bonne foi lui imputer la responsabilité des léninismes ultérieurs. L'*idée collectiviste* était en soi monstrueuse, c'est un point acquis. Il a fallu Hannah Arendt et Soljenitsyne pour que les intellectuels occidentaux finissent par s'en convaincre. Le marxisme ayant borné leur horizon philosophique et politique durant deux générations, ils préfèrent renier l'idéal révolutionnaire plutôt que d'en envisager un autre que le leur.

Moi, je l'envisage. Peut-être parce que je n'ai jamais cru au socialisme ni milité pour un projet totalitaire. La virginité a ses avantages. Captif d'aucun schéma, retraité d'aucune cause, je ne renonce pas à *penser* la dernière révolution de l'ère historique. Certes, l'Occident quitte le champ de l'Histoire. Mais son retrait épargne, si l'on peut dire, des demi-soldes de la pensée et de l'action ; en outre les vents de l'Histoire continuent de hurler sur une forte majorité géographique et démographique de la planète, il y a de la troupe pour une aventure politique, donc intellectuelle, qui se proposerait de sortir l'humanité de l'état de guerre économique. L'idéal révolutionnaire a mis l'Histoire sur les rails de son propre dépassement, il peut lui survivre en fédérant les consciences et les activismes hostiles à un système dont chacun, au fond de soi, est convaincu qu'il nous mène à l'Enfer en le pavant de bonnes intentions comptables. Je sais pertinemment que les sociétés occidentales procurent aux individus des aises matérielles et des latitudes dont il serait fou de faire fi. Enfant privilégié de la paix, de l'abondance et de la démocratie, je n'ai aucun désir de lendemains qui chanteraient des airs martiaux. Vivre sans avoir faim ou froid et sans crainte de se faire embarquer par des flics au petit matin, c'est une chance à laquelle je n'entends pas renoncer. Il y a pire, bien pire que nos petits spleens douillets. Penser une révolution, dans le sens où je l'entends, exige en préalable une mise au rancart de toutes les approches révolutionnaires historiques. Peut-être le mot lui-même a-t-il trop mal servi pour être encore dégainé. Peu importe, on en trouvera un autre pour définir une sortie de l'univers capitaliste et technicien par les portes de la démocratie. Cette définition, patiente et prudente, me paraît devoir être le défi majeur de la conscience pour le siècle à venir. Mais s'il s'avérait qu'un ordre apparemment moins injuste et moins absurde installe des miradors et des barbelés, je prendrais aussitôt les armes pour défendre l'Enfer capitaliste contre le Paradis totalitaire.

Washington. Rassemblés devant le Capitole, des manifestants exigent l'*impeachment* de Clinton. Main droite sur le cœur à l'appel du drapeau. Prière. Véhémence savonarolesque des orateurs : les pères fondateurs n'auraient pas toléré cette chienlit, dont il faut prémunir nos enfants. Les écureuils gris semblent assez indifférents.

Sur les pancartes satiriques, Clinton est affublé d'une couronne. On ne saurait mieux dire que la pire avanie, c'est un roi au-dessus des lois, comme en subirent les nations impies du Vieux Monde.

Percluse de servilité monarchique, l'Europe ricane : tout ce cirque puritain pour quelques privautés entre un coup de fil à Eltsine et une bouchée de pizza !

L'Europe a pleuré Diana devant ses écrans en assistant au carrousel « historique » mis en scène par un Premier ministre travailliste. Adieu, Princesse ! Les carrosses rutilants sur le Mall, les particules en costumes d'époque : piqûres de rappel contre le virus égalitaire. La France, si « républicaine » dans son verbe officiel, a suivi avec un respect attendri de grisette le cortège funèbre de Mitterrand. Adieu, Majesté ! Deux veuves en voilette derrière le cercueil, et les enfants des deux lits, ont fait des unes d'union sacrée. Pas le moindre Saint-Simon pour sauver la mise de l'ironie ; les gazetiers de toutes obédiences ont trempé leur plume dans la même tisane de la sujétion pour ajouter Mlle Mazarine Pingeot à la noria des altesses plus ou moins sérénissimes.

En qualité de Latin, le puritanisme n'est pas mon fort : j'ai rigolé comme un autre en découvrant les péripéties d'une fausse love story bâclée et contrite. Ce pull qui se soulève pour dévoiler l'élastique d'un string ! Cette hantise baptiste de l'éjaculation ! Ces taches de blanc sur la robe bleue ! Ces cadeaux enfantins, ces messages électroniques ! L'impudence, la gourmandise, le désarroi de cette pauvre petite fille de riche californien fortement poitrinée qui vivait avec sa maman au bord du Potomac, dans l'immeuble du Watergate ! La vindicte de Paula Jones, la rancœur patiente de Linda Tripp, l'entremise de Betty Currie et celle de Vernon Jordan, la fuite à New York, le repli à Los Angeles : avec cette pâte romanesque, Norman Mailer nous doit un autre *Chant du bourreau*.

Pauvre Monica ! Ses lèvres, sa frimousse, sa chair dodue inspiraient une juste appétence. Mais elle a pris vingt-cinq kilos de cellulite, c'est sa pénitence. L'Amérique paye cash les péchés de ses ego : ils deviennent obèses. Comme Elvis à la fin, quand il se morfondait dans sa cage dorée de Graceland, à Memphis, Tennessee. Il était riche, on l'avait porté à toutes les nues. Il n'en revenait plus. On l'appelait le King, sans malice, sans s'apercevoir qu'on scellait ainsi son destin : l'Amérique n'aime pas les rois, fussent-ils d'extraction prolétarienne. Et comme chaque ego est un consommateur *souverain*, il s'enfle, il déborde, il se vomit à l'intérieur. Elvis est mort de satiété, comme d'autres de faim, de froid ou du cancer. Son cadavre boursouflé par l'ennui, le beurre de cacahuètes et la chimie médicamenteuse, préfigure une mort possible de l'Amérique.

En d'autres temps et sous nos cieux, Monica aurait pris le voile comme Louise de La Vallière. Elle prendra un psy, un gourou, des cours d'aérobic et un conclave d'avocats puisque, au pays du contrat, le drame est passible d'une issue juridique, il ne doit pas tourner au tragique. Point de dilemme cornélien car don Diègue, au premier acte, intente un procès et négocie parallèlement la publication de ses mémoires. Crispés sur leur bon droit, les ego s'adonnent à la procédure pour se prémunir d'un ennemi invisible : l'autre, tout simplement. Double refus de l'altérité et d'une morale plus exigeante que l'ordre contractuel. La vogue du best-seller juridique, la floraison des procès pour harcèlement sexuel ou inefficience médicale traduisent le même refuge dans le giron d'un *lawyer* qui tend à supplanter John Wayne dans le rôle du bon contre le méchant.

La thérapie de l'aveu public, dont Mao fit usage en son temps, dissoudra la cellulite de Monica et les appétences ouvertes par ses lèvres de poupée Barbie. Les éditeurs du monde entier ont déjà acheté les droits : les turpitudes du maître passionnent toujours l'esclave.

Pauvre William Jefferson Clinton, empêtré entre sa Bible et sa libido, ses contritions tronquées et ses menteries presque sincères. Aussi longtemps qu'il y aura des dictionnaires, il sera l'homme des spasmes furtifs derrière le bureau ovale. Comme Dagobert, le meilleur de nos rois mérovingiens, se résume à sa culotte à l'envers, et Félix Faure à l'ultime convulsion élyséenne dans les bras d'une aventurière.

À l'aune de la modernité, cette *sex story* tellement yankee n'est qu'un coup de rétro, une reconstitution historique avec Starr dans le rôle de Torquemada ou des bourreaux d'Urbain Grandier : le gendarme « réac » face au guignol libertaire. Le speaker du GOP acculé à la démission pour un adultère de routine, les arguties sémantiques sur la nature d'une amabilité buccale, le cigare du crime, la fermeture Éclair du pantalon présidentiel : on n'avait pas vu un tel charivari autour de la sexualité depuis la mise en jugement de Flaubert pour *Madame Bovary*. Quelle aubaine pour le « moderne » ! Il retrouve le confort de son manichéisme avec la résurrection du vieux couple liberté-aliénation. La liberté, c'est lui. L'aliénation, c'est le moralisme yankee. Ainsi, l'ancien gauchiste devenu libéral se réhabilite en posant devant son miroir en *libertaire*. Il ne peut, il ne veut appréhender cette affaire que sur le registre à la Feydeau d'une gaudriole exploitée par l'hystérie des fondamentalistes.

L'exploitation n'est pas niable, et les républicains payeront cher d'avoir risqué cette initiation sexuelle. À certains égards, Monica ouvre son pays à la modernité par les portes de la libido en important symboliquement des mœurs « californiennes » au cœur de Washington. Elle approfondit le clivage entre Histoire et post-histoire dans la conscience américaine, et l'oblige à une introspection que les thérapeutes des stress et des déprimes se gardent d'initier.

La modernité voudrait que le sexe fût un rouage de la machinerie psychologique, un flux parmi ceux qui nous traversent. Régulateur si possible, mais surtout anodin afin qu'on puisse le consommer comme n'importe quel autre bien périssable.

S'il était anodin, les civilisations ne l'auraient pas toutes inscrit à l'intérieur de leur métaphysique en codifiant soigneusement l'expression du désir. Aucune ne l'a *isolé* du sacré ; aucune ne l'a instrumentalisé au profit exclusif du ludisme ou de la fécondation.

Tributaire d'une hantise judéo-chrétienne de la chair sans équivalent dans les autres cultures, l'Occident a longtemps tergiversé entre sublimation et profanation avant que don Juan n'explicite les liens compliqués de sa libido avec le Diable, le Multiple, la prédation, la soumission ; avec l'amour aussi tel que réinventé par les troubadours. Don Juan, libertin en un siècle où le mot est synonyme d'athéisme, en conflit ouvert avec le Père (le sien, celui de la Création). Il y fallait une audace sacrificielle : la mort a toujours raison de don Juan, même dans la version de Mozart. Ainsi s'énonce la fatalité de la sexualité occidentale : une relation intime avec Thanatos, un recours obligé à la transgression dont Casanova ne peut pas nous exonérer.

Casanova ne profane rien, son déisme est trop vague ; il se borne à cocufier des obstacles techniques : les maris. C'est amusant, ce n'est plus tragique. Casanova n'est pas un aventurier du désir, juste un apôtre du sensualisme de Condillac, précurseur du play-boy publicitaire. Libertin à la sauce des Lumières, son désir se veut innocent ; il ne transgresse que des usages sociaux et risque à peine la bastonnade.

La modernité a choisi Casanova, contre don Juan, en prônant une liberté définie comme la somme (indéfinie) des droits de l'ego à n'être contrarié par rien. «Jouir» : voilà son affaire, plus ambiguë qu'il n'y paraît ; car «jouir» du spasme, de ses préludes, du crescendo émotionnel en évacuant la transgression donjuanesque, c'est une naïveté dont Sade a fait justice. À l'aube d'un romantisme qui réintroduit le tragique dans l'amour, le Marquis déniaise le libertinage des minets de Fragonard en soulignant la teneur *meurtrière* d'une sexualité occidentale cultivée en serre chaude : il y a dans chaque pulsion l'ébauche d'un Néron, d'un Attila et d'un Gilles de Rais. Le désir est un maître qui «jouit» aussi d'une réduction de l'autre à l'esclavage. Le sexe nu, le sexe cru, le sexe en majesté peut être le canal des frénésies les plus noires. Pour s'en convaincre, il faut sortir du puritanisme libertaire et descendre aux enfers du porno où le désir ne se voile pas la face ; on y voit le sexe ordonner les cérémoniaux de la cruauté. La spirale du désir transite par le viol pour s'offrir la volupté suprême de la torture. Au fond de l'érotisme *émancipé*, grouillent les miasmes de l'abjection. Ligotée, flagellée, souillée, offerte à l'animal, la victime gémit ; son visage révulsé, sur toutes les scènes porno, est celui du supplicié sur les bûchers «historiques». Rien de plus éclairant que l'aventure de la belle Karla Tucker, condamnée à mort pour avoir éventré un homme à coups de pioche, convertie ultérieurement, exécutée à Huntsville après des années de prison conformément à un usage détestable. Elle plaida coupable, et relata que les coups de pioche lui avaient procuré l'orgasme. Aveu capital. Tous les récits des torturés associent le désir sexuel du bourreau à l'humiliation de la victime et tous les capitaines vainqueurs autorisent le pillage et le viol, couple indissociable. Le bavardage mondain oppose l'érotisme *soft* au porno *hard* en présumant une différence de nature alors qu'il s'agit d'une différence de degré. Ou de perspective. Que le sexe ne soit pas anodin, Guyotat l'avait rappelé avec son *Éden, Éden, Éden* ! Mais le ridicule de la censure de ce livre en a occulté la signification. On n'a pas mieux compris, à la même époque « libérée », le message de Bertolucci dans *Le Dernier Tango à Paris* ; le réalisateur lui-même s'est peut-être mépris, on n'est plus maître de son message quand le sexe s'empare de la plume, du pinceau ou de la caméra.

Sade avait aperçu une sombre lisière, que signalent ses machines à déverser sur des vierges captives des flots de sperme et d'excréments. On en a fait un précurseur des libertaires. Du reste, c'est au prix d'une extrême confusion qu'on a enrôlé dans la croisade libertaire ceux qui, sous le règne du moralisme bourgeois, ont eu la révélation d'un *point de non-retour* : Baudelaire, Rimbaud, Lautréamont, Van Gogh. Ils nous font savoir très explicitement qu'au-delà la voie est sans issue, le paroxysme n'ouvre plus d'horizons — sinon, Rimbaud les aurait percés au lieu de s'échouer en Abyssinie.

La modernité a voulu emprunter cette voie, ou plutôt sa subordination au quantitatif l'y a contrainte : toujours plus loin, toujours plus vite. Elle a ouvert la boîte de Pandore de la sexualité en la réduisant à un *besoin*, passible d'une *satisfaction*, justiciable d'un acte *sanitaire* si le désir ne sait plus à quelle non-transgression se vouer.

Les conséquences sont imprévisibles. Le relativisme invalide les drains culturels qui canalisaient la violence libidinale. Sublimation et profanation accompagnent le Bien, le Mal, le Père et le Sens dans la nécropole des candeurs fondatrices. Le désir « historique » convoquait tous les ingrédients des « cultures » et participait de ce fait à l'harmonisation de l'équilibre social. Il était mage ou sorcier ; ou artiste. Il était l'ombre portée des dieux, le miroir de l'indicible. Terminera-t-il son périple dans l'apathie androgynale ? Dans la bacchanale sanglante ? Le recours au Viagra annonce-t-il une médicalisation systématique d'orgasmes sous ordonnances ? Combien de prescriptions hebdomadaires pour l'équilibre de la machine ? On ne sait pas où s'abîmeront des libidos sollicitées en permanence dans la région la plus belliqueuse du psychisme. Si Œdipe n'est plus roi, doit-il périr comme l'exigeait Saint-Just de nos petits phallus capétiens couronnés par la sublimation ?

Les recours ponctuels à l'orgiaque (carnavals, fêtes, partouzes) ou les exutoires du virtuel (minitel rose, cassettes X) encloront-ils la pulsion dans les limites d'un voyeurisme onanisant, peu glorieux mais inoffensif? C'est le pari des marchands de fantasmes : l'audition tarifiée des confidences de Monica pour prix de la paix des armes libidineuses.

La publicité associe monotonement l'acquisition d'une marchandise à la possession d'un corps de femme. Ou d'éphèbe pour donner l'illusion d'un parallélisme, mais c'est le genre féminin qui est réifié principalement. Aucune civilisation n'avait projeté une image aussi méprisante de la femme, aucun machisme « culturel » ne l'avait à ce point prostituée. Les femmes se lasseront-elles de n'être que croupes offertes en prime pour l'achat d'une voiture ou d'une tondeuse à gazon? Leur consentement passif est étrange. À cet égard tels courants radicaux du féminisme américain sont plus cohérents que le féminisme européen qui revendique les hochets du pouvoir masculin (argent, titres, « responsabilités ») à l'intérieur d'une comédie sociale dont l'économie fonctionne sur une érotique de prédation strictement masculine.

Le Vieux Monde refuse de voir une autre dimension de l'affaire Lewinsky : le citoyen Clinton, locataire sous bail d'une fraction de la souveraineté populaire, a outrepassé ses droits en parjurant sur la Bible et en dévoyant le bâtiment public que le peuple lui a prêté.

L'Amérique est une république. Les Américains ne supportent pas l'idée que le premier de leurs fonctionnaires s'arroge un privilège. Ils lui ont *loué* la Maison Blanche et l'Air Force One, ils payent de leurs deniers sa liste civile et son staff ; rien ne lui appartient, pas même la part de sa vie privée financée sur fonds publics.

Dans l'inconscient occidental, et en France singulièrement, le chef de l'État, c'est encore le roi. Il a des droits exorbitants du droit. On tient pour admis qu'il se conduise à sa guise, en feignant d'invoquer le respect du domaine privé, thèse peu défendable puisque les intéressés s'exhibent en famille pour enjoliver leur « image ». On se croit républicain mais on véhicule un atavisme préhistorique de sacralisation du pouvoir : sous le lyrisme à la Danton des fins de banquet, le phrasé de Bossuet continue de légitimer le règne du prince par un décret du ciel. Les mensonges, les caprices, les avidités de César sont légitimes. L'abus de pouvoir est dans la nature du pouvoir, il faut s'y plier.

Quiconque a hanté la cour du prince à l'Élysée sait à quelle profondeur la sujétion est enracinée. Il y a, dans le *Monsieur le Président* du collaborateur, du visiteur ou de l'intervieweur, une onction, une génuflexion, un abandon, un ploiement de l'échine qui n'ont rien à voir avec le respect (de soi, de l'autre, d'une fonction), tout à voir avec la cruauté sado-maso des liens de la cour à Versailles, quand Louis XIV eut dégradé les nobles français en domestiques. C'est l'esclave en rut, ou plutôt en chaleur, jouissant de sa propre néantisation. Je préfère les orgasmes égalitaires de Monica — et mon fond anar pactise en l'occurrence avec le républicanisme *basic* inspiré par la déclaration Jefferson.

L'Europe est fascinée par la primitivité de l'Amérique mais la voudrait à son image : sceptique et licencieuse. « Moderne. » Elle ne l'est pas encore, comme en témoigne sa fascination pour les armes à feu. Sa religiosité barbare inspire des comparaisons avec le Proche-Orient saturé de sectes de l'époque préchrétienne, et sa mémoire conjugue ses mythes au présent. Le monument Washington est un totem aux propriétés agissantes ; l'hellénisme des mémorials — Lincoln ou Jefferson — a la fraîcheur d'une renaissance. L'Amérique est une république judéo-chrétienne et catonienne, la seule dans le monde. Primitive comme le peuple d'Abraham en marche vers Canaan, Rome avant les Gracques, l'Église avant le concile de Nicée.

Ironie de l'Histoire : la primitivité expire en folklore touristique chez tous les peuples, sauf celui qui tient les gouvernails de notre modernité.

Stade Jack Kent Cooke. Les Redskins l'emportent de peu sur les Chargers de San Diego dans cette arène plantée au milieu d'une forêt. Avec leurs casques à grille et leurs épaules renforcées, les joueurs évoquent les chevaliers d'un tournoi médiéval. Chevalerie prolétarienne. Les héros de l'imaginaire américain sont des plébéiens depuis Buffalo Bill et Kit Carson jusqu'à Michael Jordan. Pour que le milliardaire y soit admis, il faut qu'il ait débuté à la base, dans un métier physique si possible. La gentry WASP n'est vénérable qu'en référence aux pères fondateurs et le statut de l'artiste est tout à fait mineur, c'est un pays qui n'a pas eu de bourgeoisie.

L'Amérique a métamorphosé la chanson de geste de l'Europe aristo avec le western prolo. Elle a inventé un autre grégorien avec le blues, d'autres croisades avec la ruée vers l'Ouest : une Jérusalem plus ou moins céleste y convoque vers des rivages fabuleux un idéal barbare de virginité (la Prairie) et de magnificence (les mines d'or). Au bout du périple, la Californie.

Left my home in Norfolk, Virginia,
California on my mind.

Ce vieux tube de Chuck Berry et les cavaliers crépusculaires d'*Easy Rider* clôturent le cycle de l'épique. La Californie atteinte, conquise et fécondée, il ne restait plus à Hollywood qu'à touiller la marmite du rêve. Le drame de l'Amérique est d'avoir investi tout l'espace de ses convoitises. Sédentarisation du rêve, comparable au drame d'Israël qui se remet mal d'avoir bâti autour de Jérusalem un État banal avec ses soldats aux frontières, ses riches, ses pauvres, ses clans et ses délinquants, ses flics qui ratonnent comme ailleurs, ses bisbilles entre traditions (au pluriel) et modernité (au singulier).

Bisbilles qui touchent à l'essentiel. J'ai passé une nuit dans un night-club « branché » de Tel-Aviv en compagnie d'Israéliens jeunes, impétueux, et comme électrisés par le désir d'être profanes. Il y avait dans l'air une fureur de vivre qui évoquait l'Italie ou le Québec des années 60, quand l'autorité de l'Église périclita soudainement. Je revois cette blonde échevelée, arrivée récemment de Biélorussie, avec qui nous dansions sur les tables et dont la frénésie splendide disait au ciel, ou plutôt aux lasers, que rien ne l'empêcherait d'accéder au bonheur : ni Moïse, ni la diaspora, ni la Shoah, ni les Arabes. C'était un peu Jacob dans sa lutte héroïque contre l'Ange.

Le lendemain je parcourais les bas-quartiers de Jérusalem où les juifs ressemblent à des personnages de Singer avec leurs chapeaux, leurs redingotes, leurs papillotes et leurs phylactères. Et je me souvenais du débat violent qui avait éclaté, au petit matin de la fiesta, sur les remparts de Jaffa, entre deux amis, l'un affirmant que les « orthodoxes » hypothéquaient gravement l'avenir d'Israël, l'autre répliquant que, sans ces juifs imbus du sionisme, Israël n'aurait pas de raison d'être.

Le dilemme est tragique. L'Histoire aura atteint son terme le plus symbolique lorsque Israël sera devenu un pays séculier à tous égards, en paix avec l'islam, voisin et partenaire d'un État palestinien viable. Cette normalisation, je la souhaite aussi fort que je la redoute — et j'inclinerais à penser comme Gershom Scholem que les juifs ne doivent pas renoncer au rêve de Theodor Herzl ni renier l'idéal de Ben Gourion, si je me sentais le droit d'exiger d'eux un tel héroïsme, à contre-courant d'une modernité induite précisément par l'aventure hébraïque. C'est l'attente d'une parousie qui a fondé l'Histoire, c'est la dissidence juive, puis socratique, puis chrétienne qui a semé le doute dont procèdent nos scepticismes et pourtant l'espérance biblique les récuse autant qu'elle les cautionne. Nos perplexités n'auront de cesse que nous n'ayons résolu cette contradiction. On n'en prend pas plus le chemin à Tel-Aviv qu'en Amérique ou en Europe.

Les Redskins ont gagné par la grâce d'un joueur qui a transpercé la défense : victoire de l'acte individuel sur la logique collective. Ça fait toujours plaisir. Tristesse familière au coup de sifflet final : la parenthèse se referme ; le temps, l'espace, le verbe redeviennent profanes.

J'aime ces acropoles rondes, ovoïdes ou rectangulaires à l'intérieur desquelles ressuscitent les dieux d'Homère, les athlètes de l'Olympe, et toutes les chevauchées de nos livres d'images. J'aime cette levée d'écrou des affects et des songes autour d'un sanctuaire vert comme l'espérance. Tous les instincts sont rameutés, on désire le beau, le sublime, le carnage, l'apocalypse. On désire que David pourfende Goliath et qu'un miracle escamote la pesanteur. Ça arrive. On désire l'anéantissement dans la violence, le renouveau dans l'envolée.

J'aime l'ambiance du football américain — la rutilance des couleurs, les fanfares, les pompom girls, la tonalité des râles et même l'odeur des hot dogs dans les travées. C'est barbare et de mauvais goût, mais c'est *gai* — alors que les foules, dans les stades européens, libèrent d'assez sombres rancœurs. J'aime le jeu — séquences brèves, subites et subtiles entre les plages de fausse monotonie autour des avants. J'aime son omniprésence télévisuelle dans les bars, les stations-service, les living-rooms : le NFL, c'est l'Amérique.

Je l'aime en Amérique. L'exportation récente de ses règles et de ses cérémoniaux dans le rugby européen est encore un reflet du dépérissement des diversités : l'histoire et la géographie s'effacent au profit d'un sport nouveau assez spectaculaire, donc sommaire, pour complaire aux sponsors et aux chaînes de télévision. Le rugby n'était pas un « spectacle » à l'usage de béotiens mais l'expression ésotérique d'une gamme chamarrée de patriotismes. Il était universitaire en Irlande, patricien en Angleterre, mineur au Pays de Galles, rural, occitan et laïcisant en France. Il avait ses liturgies, ses langages, ses bistrots, ses légendes qui, à l'instar des mythologies scandinaves, invoquaient une haute époque : le temps des Herrero rappelle celui des frères Boniface, qui rappelle celui de Dauger. Toujours plus loin dans le souvenir, sur des stades personnalisés. Rugby des terroirs, hérité de la soule et du tournoi médiévaux, presque immuable entre le début de ce siècle et la fin des années 80.

Il est mort en dix ans. Pour saluer sa mémoire, un musée du rugby vient d'être ouvert sur une aire autoroutière proche de Castelnaudary, la patrie du cassoulet : il raconte la fin de l'histoire de France depuis la soi-disant Belle Époque. Pour résumer, ce jeu de mains et de vilains pratiqué par des gentlemen a passé du magistère des instituteurs de village à celui des notables de sous-préfecture, puis des professeurs d'éducation physique, avant d'être réduit à un fac-similé de football professionnel par des managers, des sophrologues et des communicants. On a vu soudain des pom-pom girls se trémousser dans l'enceinte Arts déco de Jean-Bouin. On entend désormais de la musique d'ambiance lorsque les joueurs sortent du tunnel après que les sponsors à blazer et les caméras ont violé leur intimité dans les vestiaires. Un animateur déblatère sur la pelouse. On a américanisé les règles pour ménager des plages publicitaires (mi-temps) et offrir du mouvement au téléspectateur. Les *styles* ont disparu au profit d'un jeu uniforme — percussions, envolées plein champ — récité par des « pros » tout en viande comme les charolais du Salon de l'agriculture (musculation, diététique, etc.), qui ne sont plus de Bayonne, des Borders ou du Transvaal, mais de nulle part, et ânonnent des fadaises dans les micros tandis que les écrans affichent des taux d'occupation et autres âneries statistiques.

J'ai vu les grands clubs du Sud-Ouest perdre de l'âme comme un avion perd de l'altitude, d'une saison l'autre, à mesure qu'ils viraient au professionnalisme. Les dirigeants ont encore de l'accent, et il reste assez de vétérans au visage raviné par les crampons autour des mains courantes pour se croire en Armagnac ou en Septimanie. Mais le temps de sympathiser avec un nouveau gladiateur, on l'a déjà vendu ailleurs.

Ou loué : la pratique du « joker » rejoint celle du *coaching* pour expatrier et affadir un jeu qui jadis inspira la plume d'un Giraudoux, d'un Mac Orlan ou d'un Blondin. Les équipes nationales sont sponsorisées par des sociétés privées, ce qui confirme la folklorisation des patriotismes.

De sorte que mes jubilations dominicales ne sont pas exemptes de tristesse : je sais trop qu'en ce domaine aussi l'argent siffle la fin d'une singularité savoureuse. Tout le monde le sait dans le microcosme ovalien, tout le monde le déplore ; personne n'osera s'y opposer : « On n'arrête pas le progrès » et : « Il faut vivre avec son temps. » Ces deux antiennes de la bigoterie moderne, on n'a pas fini de les entendre rabâcher par la prêtraille de la finance.

L'histoire du sport est une belle incidente de la fin de l'Histoire. Je n'ai aucune sympathie pour l'individualisme victorien mais je lui sais gré d'avoir ordonné ainsi les obsèques de l'*héroïque*, du *physique* et du *rustique* en codifiant nos instincts guerriers, nos pulsions sexuelles et nos aspirations esthétiques à l'intérieur d'un pré installé en pleine ville. Il en est résulté la pédagogie la moins éloignée des idéaux de la Renaissance : le sportsman issu du collège de Rugby se voulait « universel », comme Leone Alberti, et l'était davantage que les collégiens de la IIIe République soustraits à leur corps dans des casernes. Il renouait symboliquement avec l'humanisme grec et l'honneur médiéval en réconciliant dans une gratuité théâtrale les instances d'un moi que l'ère industrielle commençait par ailleurs à parcellariser. Le corps, le cœur, la pensée, l'âme sont convoqués ensemble dans le sport, et l'altérité y trouve son compte.

C'est dans cet esprit que Coubertin relança les jeux Olympiques. Sur l'herbe et la cendrée, les lauriers en principe couronnent le meilleur. Adepte pratiquant de ces ferveurs-là, qui sont belles, je vois à mon cœur défendant le sport tourner à l'hédonisme béat chez l'amateur, se dégrader en comptabilité et en chimie chez les professionnels. La seule inégalité acceptable, celle du talent, n'est plus à l'abri de la triche. Encore un deuil, moins anodin qu'on pourrait le croire.

Interstate 66 entre Tulsa et Oklahoma City. Un air de country dans le lecteur de cassettes. Virginité des émotions : le beat, l'asphalte bleu, la ligne d'horizon.

Sillonner un pays d'Europe sur ses routes est une volupté intimiste, esthétisante, proustienne ; à chaque détour un regret s'y mêle, quand se profile un clocher, quand se dévoile l'ondulement d'un labour, quand s'ouvre le mystère d'une forêt. Fatalité de l'intercession « culturelle » : ce ciel orageux est un Vlaminck, cette marine un Seurat, cette flèche entre les toits, un

Constable. On croit toujours apercevoir Eugénie Grandet dans les rues de Saumur, l'abbé Mouret croise forcément Cézanne sur les pentes de la Sainte-Victoire. On est toujours rejoint par Corot si l'on aime les paysages doux et modestement civilisés.

À la National Gallery de Washington, parmi tant d'œuvres qui renvoient à tant d'autres, et qui finissent par se confondre, j'ai contemplé un Corot justement, qui décrit un paysage de falaises autour d'Étretat. Je retrouvais un univers d'une tristesse délectable, *surchargé* par des clichés imputables à Maupassant, à Leblanc, à Simenon, à Manet si la mer est grosse, additionnés de réminiscences personnelles, des virées qui n'étaient pas non plus exemptes d'arrière-plans littéraires ou picturaux. Nul recoin en Europe, et nulle œuvre d'art, qui ne jouent aux miroirs dans nos musées privés en s'emboîtant dans le puzzle du musée planétaire.

Tandis qu'ici le temps glisse doucement entre deux patelins qu'une nappe de pétrole a fait surgir de rien. Les villes n'évoquent qu'une chanson ou un fait divers. On voit poindre les gratte-ciel d'un downtown dans un tournis de rocades, on longe des espaces suburbains et la route suit son cours.

N'importe où hors du monde, prônait Baudelaire au comble d'un égotisme déjà exténué par le poids des réminiscences. Oklahoma City, c'est n'importe où hors de l'Histoire. Je lui sais gré d'occulter mes deuils en m'offrant l'illusion que la vie s'y dilapide dans une sorte d'immunité psychologique. À Bristow, escale improbable d'un Ouest éventuel, où une serveuse m'a fait frire deux œufs, en m'affirmant que la vie est belle, je pense au Barbezieux de Chardonne où, écrivait-il, « on ne souffrait que des maux éternels ».

Certes, la route est semée, d'*historic markers* qui signalent un événement relatif à la conquête de l'Ouest ou qui immortalisent un acteur de cinéma. Mais le culte rendu aux fondamentaux est vivant, pas « littéraire », parce que la mémoire historique est brève : les quakers, le *Mayflower*, les deux guerres d'Indépendance, celles contre le Mexique et contre l'Espagne, la guerre de Sécession dans l'intervalle, l'arraisonnement des Indiens, la conquête de l'Ouest, point final. Hollywood peut donner cette saga en spectacle. Buffalo Bill assure la transition : cow-boy au début, metteur en scène de son propre légendaire à la fin. Fenimore Cooper déjà avait tourné au promoteur (désabusé) de son idéalisme pionnier.

Après la reddition de Lee tout est joué : une république attestée par la Bible, un espace à la fois immense et fini, avec ses glaciers et ses tropiques entre deux océans. Les communautés peuvent affluer, les églises proliférer, les pouvoirs locaux s'épanouir, l'essentiel ne peut plus être remis en cause par la lutte des classes et les revendications des minorités. Ni par les vicissitudes du monde extérieur.

D'où ce provincialisme des Américains, contrarié par un statut de superpuissance qui leur pèse autant qu'ils en tirent orgueil. Clinton a beau revenir de Palestine, acte capital, nul n'y prête attention, hors la communauté juive, et pour cause. La Palestine est perçue comme l'Europe : un vestige rouillé, souillé par les turpitudes. Il en est question dans la Bible mais l'Amérique a reconstruit le mur du Temple en cherchant l'or du Klondike. Rideau. La *Promised Land* ne saurait être ailleurs qu'en Amérique. Il y a suffisamment d'Ailleurs dans ce Même, il suffit de prendre sa voiture.

L'Amérique est moins un pays que la page blanche d'un livre d'or où nos imaginaires continuent de broder sur une trame immuable. La route qui m'emmène dans le Sud est encore celle de Kerouac, laquelle remonte le temps pour redevenir la piste de l'Oregon. Le pessimisme du moment, cet état dépressif qui périodiquement accable les Américains, est soluble dans la certitude de n'être jamais très loin de la *Promised Land.* Du moins jusqu'à présent.

Texas. Les chromos de la Vierge dans la gargote d'un couple de Mexicains me réintroduisent dans l'Histoire. Des Mexicains très fiers d'être texans. Le catholicisme transbahuté par les immigrants latinos va-t-il infléchir le rêve américain en mettant des bémols au culte de l'argent ? Va-t-il universaliser ce peuple hétérogène à mesure que se propagera le football universel, celui de Pelé ? Peut-il ouvrir aux complexités délicieuses de la *féminité* des inconscients qui s'en tiennent au culte bipolaire de la « Mama » et du « Baby » ? Ou bien hâtera-t-il les replis communautaristes et réduira-t-il ce pays à une addition hargneuse de minorités ?

Peut-on imaginer une diversion majeure de la fin de l'Histoire avec l'émergence de ce Sud nouveau où l'on parle espagnol, vénère la Madone, fume dans les bars et boit de la tequila ? La presse et les télévisions font état d'un conflit juridique entre Austin et Washington au sujet d'un Canadien condamné à mort au Texas. Son exécution est programmée. Washington fait valoir l'existence d'un traité entre les États-Unis et le Canada où la peine de mort n'existe pas : un ressortissant canadien ne peut être exécuté aux USA. À quoi Bush Jr., fils de son père, gouverneur et présidentiable éventuel, rétorque que le Texas n'a pas signé le traité.

Du coup, les Texans se souviennent qu'ils furent indépendants après la victoire de San Jacinto où s'entretient leur orgueil autour d'un obélisque et d'un musée à la gloire de Sam Houston, personnage singulièrement attachant et plutôt visionnaire : libérateur, chef d'État pendant neuf années, puis gouverneur et sénateur après la réunification qui répondait à ses vœux. Il n'était pas partisan de la sécession sudiste, ni de la manière forte avec les Comanches. Washington, Jefferson, Houston : je préfère ce triplé révolutionnaire à Danton, Robespierre et Saint-Just. On oublie trop souvent en Europe, parce que les nôtres ont fait faillite, que la révolution américaine, au regard de ses objectifs, fut une réussite.

Verticalité irréelle et sublime des downtowns de Dallas, de Fort Worth, de Houston. Bretelles de highway suspendues dans le ciel à l'état d'inachèvement, comme un Meccano qu'un enfant eût entrepris, puis délaissé ; ou comme ces dessins des albums de science-fiction des années 50, qui avaient prévu la forme fœtale des voitures d'aujourd'hui. Futurisme violent de cet État âprement conservateur, qui glorifie le cow-boy autant que la Nasa. On aime les vaches et le rodéo, et le vieil éleveur qui me montre son domaine, en lisière d'une raffinerie et d'un forage, avec le downtown dans le lointain, est encore un personnage de Upton Sinclair qu'un ingénieur d'Exxon ne comprendrait pas, à cause de l'accent.

Mais le quarter-back de Fort Worth, haut lieu du négoce de bétail à la haute époque, est devenu un site touristique. L'imaginaire texan n'échappe pas à la muséification. J'ai vu hier un village de cow-boys reconstitué à l'identique, dont le propriétaire m'a avoué qu'il rêvait d'y voir tourner un film. Tout finit à Hollywood. Tout finira en sons et images, ici comme ailleurs : la primitivité américaine est condamnée. Les Américains finiront eux aussi par cesser d'être *convaincus* et ils connaîtront à leur tour les affres de la mélancolie.

Louisiane. Encore la route. Du blues, de la country. Du rock pour mixer la complainte et l'allégresse. Pas le « hard », trop technologique, trop paroxysmique pour être dionysiaque. Le rock à ses débuts, guitares sèches et contrebasse, métis sans le savoir à l'image d'Elvis, le petit Blanc du Sud sorti d'un roman de Caldwell, qui chantait comme un Noir. Le bon vieux rock d'un bon vieux temps, titulaire déjà de sa petite notule dans les catalogues du musée planétaire.

Le fleuve charrie des eaux noirâtres. Les maisons blanches des petites villes dans la vallée sont ravissantes avec leurs colonnades, leurs vérandas, la dentelle de leur fer forgé. Peu de différence entre les « ante-bellum » et les autres : le style demeure, la fantaisie des architectes a brodé ses motifs sur un tissu esthétique homogène. En Europe, l'architecture « néo » — hellénisante ou palladisante — du XIXe siècle sonne toujours faux ; ici le néo créole a été créateur, les demeures des plantations atteignent une perfection en renouant sans le savoir avec l'idéal « classique ».

Natchez. Une stèle est dédiée à la mémoire de Richard Wright, l'enfant du pays, chantre savoureux d'une négritude en mal de reconnaissance. Il a fini ses jours à Paris et Boris Vian a traduit certains de ses romans.

J'ai beau savoir que Chateaubriand n'est jamais venu ici, je cherche du regard, sur le fleuve où les steamers à aube embarquent leurs touristes, le « bison chargé d'années, fendant les flots à la nage ». Pouvoirs de l'écrivain : l'Oklahoma, c'est *Les Raisins de la colère* ; et autour de Natchez je chercherai toujours le fantôme d'Atala. Les Américains croient avoir inventé le teenager. Erreur : le brevet revient au Werther de Goethe mais Chateaubriand l'a exploité en peignant les langueurs de l'immaturité, dans son évocation des vacances à Combourg avec Lucile, puis dans la confession de René. Le promoteur du moi moderne, égocentré, absent au monde, *dépossédé*, c'est lui, petit vicomte chrétien à la mode du *Vicaire savoyard*, enrôlant le mythe du bon sauvage dans les forêts inextricables de sa mélancolie.

Malice du hasard : des panneaux signalent une réserve d'Indiens. Leur village est ouvert aux visiteurs durant le week-end. Un *living* village où le badaud peut voir des *natives* déguisés en Indiens s'adonner à la poterie ou au tissage « traditionnels », comme les babas cuisent des santons aux Baux-de-Provence. Folklore artisanal. Le dimanche soir, le village ferme ses portes, l'Indien subventionné pour faire l'Indien de nos jouets d'enfants enfile son jean, visse sa casquette, monte dans sa voiture et va regarder les Falcons ou les Jets devant sa télévision en mangeant un hamburger.

Autant les bourgs que l'on traverse ont un lien de filiation avec les *western cities* entretenues pour les besoins de Hollywood, autant l'indianité des *natives* est sujette à caution. J'ai rencontré récemment dans le nord de l'Oklahoma des responsables cherokees que rien ne distingue d'un Yankee de souche européenne. Ils descendent des tribus chassées du Sud sur le fameux chemin des Larmes et rêvent d'unir politiquement tous les *natives* par le sang, quel que soit leur degré de métissage. Ce lobbying identitaire n'est pas très convaincant, même si la cause inspire de la sympathie. Il n'est pas niable que les Indiens, dans toutes les Amériques, ont été spoliés et massacrés avant de subir toutes les variantes du mépris, l'obtention d'un territoire et d'un statut étant la plus douce. Ces vaincus de l'Histoire portaient une vision du monde autrement féconde et délicate que celle des colons de la Nouvelle-Angleterre, ou des soudards de Pizarro. Leur cosmogonie, leur bestiaire, leur communion poétique avec la nature, rejoint curieusement celle de Thoreau, d'Emily Dickinson et autres fondamentalistes.

Que n'ont-ils noué alliance contre le prométhéisme technicien ! Il aurait mieux valu que Colomb fît naufrage, que les Indiens s'en tinssent à leurs trocs égalitaires au lieu d'adopter les mœurs commerciales des trappeurs, que l'Occident fit l'amour à la terre au lieu de la violer et que l'universel fût l'enfant sage des singularités. Mais c'était le destin de l'Occident de les liquider, y compris les siennes. Au premier échange de peaux de castor contre de la verroterie, la mort de Sitting Bull était écrite. Grâces soient rendues à Ousmane Sow d'avoir commémoré son héroïsme. À défaut de nous procurer des armes, l'art peut encore toucher nos âmes quand un Africain associe les femmes sérères et les guerriers sioux dans une même exaltation de la noblesse.

Le renouveau présumé de l'âme indienne au Mexique et en Amérique centrale est trompeur. C'est la misère et l'oppression qui révèlent aux victimes leur indianité, comme la tyrannie des communistes entretint en Pologne la flamme du catholicisme et comme celle de la Chine exalte la piété des Tibétains. Il faut être solidaire des paysans du Chiapas en lutte, et de Rigoberta Menchu au Guatemala, sans se bercer d'illusions : on ne ressuscitera pas plus l'âme des Aztèques, des Mayas, des Apaches ou des Navajos que celle des Mélanésiens. Au mieux, la conscience de leur agonie insufflera de l'énergie aux révoltés. Mais le business « identitaire » subventionné à Washington pour solde des comptes de la culpabilité me paraît aussi vain que celui des Canaques. Il est trop tard, hélas, pour reprendre à sa source le fleuve d'un Devenir qui s'est mal épandu.

Les *natives* de tous les continents sont condamnés à l'acculturation, les Samis de la Suède boréale en lutte contre les chasseurs de rennes autant que les Inuits du Canada, désormais « autonomes » (donc intégrés au système canadien), les Masaïs ou les Touaregs dont la touristisation s'amplifie. On photographie sur le même plan, au pied du Kilimandjaro, des Masaïs déguisés en guerriers masaïs et des girafes : double attestation de *sauvagerie* pour l'œil de la caméra. Et je revois, dans une rue de Nairobi, ce gamin vraisemblablement kikuyu crier *Masaï! Masaï!* pour essayer de me vendre des sculptures en bois *made in Taïwan*. Du temps où le rallye Paris-Dakar passait par Agadès, les pauvres Touaregs descendaient des montagnes pour vendre aux concurrents le mythe d'un nomadisme en perdition ; je les préfère quand ils s'adonnent au brigandage de part et d'autre de frontières qui finiront par les enclore.

Ceux qui combattent pour l'honneur de retarder l'échéance seront les derniers héros de l'Histoire ; ils ont intérêt à s'allier avec les pauvres et les croyants, victimes principales de la modernité. Leur combat n'en est pas moins perdu d'avance sur le champ des identités. Les Américains ont détruit ce que Jean Malaurie avait pu recueillir, avec amour, des restes de la civilisation de Thulé. Je comprends sa révolte, je la partage ; mais les initiatives « culturelles » visant à préserver des bribes de coutumes n'ont d'intérêt que muséographique : aucun roi ne régnera plus sur les Thulé de nos exotismes, dans quelque contrée que ce soit. Seuls les Amish pérennisent leur identité — à quel prix ! — parce qu'ils refusent *tout* du « développement », y compris le moteur et la pénicilline.

Ce radicalisme réactionnaire est cohérent : la modernité impliquant par *essence* l'éradication de l'identité, tout compromis est un acte de collaboration. Mais personne n'est *sincèrement* réactionnaire. Ceux qui croient l'être isolent et divinisent un fragment de tradition récupéré dans le grenier de leur mémoire et s'en font une armure pour couper l'air du temps. Mais l'air passe entre les mailles, ils ne sont ni plus ni moins protégés que leurs faux ennemis « progressistes », ils sont simplement plus englués dans leur désespoir. Les conservateurs voudraient seulement que le devenir technicien s'interrompît ou ralentît sa course, chose impossible. Les Amish nous inspirent une compassion plus gênée qu'admirative ; nous n'avons pas envie de retrouver une préhistoire et d'ailleurs nous n'en aurions plus les moyens.

Vicksburg. Sur cette colline qui domine un coude du Mississippi, Grant obtint le 4 juillet 1863 — date anniversaire de la déclaration d'Indépendance — la capitulation de Pemberton et le fleuve s'ouvrit aux navires des Fédérés. La veille, à Gettysburg, les troupes de Meade avaient remporté sur celles de Lee un combat tout aussi décisif. Ce fut l'été indien des espérances sudistes.

Le site a été aménagé en sorte de ne point trop heurter la sensibilité d'un Sud qui porte encore le deuil de ses chimères — le seul de l'histoire américaine car, jusqu'à la prise de Saigon par le Vietminh, les Américains ont gagné toutes leurs guerres et leur territoire n'a jamais été envahi, singularité capitale.

On peut visiter le champ de bataille en voiture, ainsi que le cimetière. On peut même bâfrer sur son siège en regardant les croix blanches alignées sur la pelouse, il y a des vide-ordures à portée d'automobiliste. Les rares maisons « ante-bellum » permettent à peine de reconstituer le crescendo de la désespérance depuis le bal du printemps jusqu'aux derniers jours où l'on rôtissait les chevaux et faisait frire les rats.

En regardant le fleuve, j'essaye d'imaginer le passage des canonnières de Grant qui luttait en outre contre sa pente à l'alcoolisme, tandis que Pemberton souffrait d'un autre handicap : il n'était sudiste que par son mariage. La plupart des généraux de la guerre de Sécession avaient combattu ensemble contre le Mexique. Étranges nœuds du Même et de l'Autre que l'Histoire n'a cessé de trancher par le glaive : Guelfes et Gibelins, Armagnacs et Bourguignons, York et Lancastre, Girondins et Montagnards. Après coup, on s'aperçoit que l'antagonisme était poisseux d'ambiguïté, il y a en chacun et en chaque peuple un Sud et un Nord, un Je et un Tu, un Caïn épiant son Abel. On se bat contre soi, vainement car toutes les guerres civiles aboutissent à la dilution des identités respectives. Il faut mettre au crédit de la posthistoire l'impossibilité probable d'une guerre civile : l'Autre n'entre en conflit avec le Même qu'au sein d'une famille ou d'un couple, et le divorce met fin aux hostilités.

J'ai de la sympathie pour ces héros anonymes d'une cause politiquement indéfendable, à cause de l'esclavage : les Sudistes. Ils avaient tout pour perdre, et d'ailleurs ils ont perdu, mais l'idée d'indépendance, chère à mon cœur, était de leur côté. Le panache tenait une place de choix dans leur mythologie, ainsi que l'insouciance, l'oisiveté, la bravoure — vertus d'un aristocratisme sans racines qu'ils revendiquaient confusément. On a le droit de croire qu'un Sud victorieux eût enfanté un pays plus alangui, plus créole, plus bluesy, moins productiviste.

L'appel du Sud, des confins, du paroxysme

de la surexposition : toujours cette nostalgie des origines. Appel de l'Afrique aux soleils blancs. Appel des îles. Appel de l'Occitanie, au printemps, quand la Corrèze saturée de froidure et de pluie n'est qu'un fondu de gris et de bruns. Cette allégresse aux premières tuiles romaines du Quercy, aux premières bastides de la Lomagne et du Lauragais, aux premiers mimosas de Collioure, aux premiers orangers entre Barcelone et Valence ! Le Nord a pris le pas mais l'esprit est venu du Sud : Jérusalem, Athènes, Rome, Alexandrie, Florence — et j'attendrai toujours un renouveau par le Sud, comme en Espagne grâce aux Arabes, comme au Texas grâce au pétrole. Le distinguo de Weber entre catholicisme paresseux et protestantisme industrieux recoupe au moins partiellement la géographie de la langueur sudiste et du labeur nordiste. Plus pour longtemps : les mœurs imputées par Weber au protestantisme sont prépondérantes ; mais enfin, en Amérique comme en Europe, subsiste un écart, le bonheur n'a pas le même goût à Copenhague et à Naples, à Chicago et à La Nouvelle-Orléans. Au Sud, il est plus parfumé.

Clinton s'apprête à bombarder des sites militaires en Irak sans le moindre aval de l'ONU. La concomitance de cette décision avec le verdict de la commission en charge de l'enquête sur l'affaire Lewinsky provoque un malaise : on ressort de sa boîte le diable Saddam pour occulter les lèvres de Monica. On use de Saddam Hussein comme des Russes précédemment, pour entretenir un manichéisme enfantin. Faute du chiffon rouge, on agite des chiffons verts. C'est idiot. Hussein ne menace pas plus la sécurité des États-Unis que Kadhafi. En revanche, les bombardements vont ranimer au sein du monde arabe des haines antioccidentales préjudiciables à la sécurité de l'Europe, d'Israël et de tous les pays où l'islam est prépondérant. Depuis l'expédition piteuse de la baie des Cochons et l'arrosage au napalm du Vietnam, l'interventionnisme américain, aveuglé par un mercantilisme de bas étage et un ethnocentrisme obtus, aura consolidé plus de tyrannies qu'il n'en a fait chuter. Les fiascos en Irak, en Somalie et au Rwanda, les pas de clerc en Afghanistan et au Congo laissent craindre le pire, dans les Balkans notamment où l'Histoire n'en finit pas d'attiser les braises de la haine.

Or la mondialisation appelle l'avènement d'un ordre politique, économique, financier, écologique, médiatique, policier et médical inédit, aux fins de promouvoir l'esquisse de l'ébauche du programme de Kant dans son *Projet de paix perpétuelle*. Où qu'il vive dans le confort de la posthistoire, l'homme ne peut plus accepter que son semblable devenu son voisin endure le sort de ses ancêtres « historiques ». Il doit exiger l'affirmation d'une instance capable de réprimer les spéculations, les trafics et les esclavagismes.

Pas un surgeon humanitaire de la Trilatérale : un contrepoids aux internationales économiques et aux criminalités politiques *intérieures*.

Cet ordre sera mondial ou ne sera pas car les capitaux, la drogue, les armes, les épidémies, les informations, les pollutions se jouent des frontières et traversent les océans. Plus aucune affaire d'envergure n'est abordable en termes nationaux, voire continentaux. Les dirigeants des pays riches commencent à s'en apercevoir et à admettre, non sans pusillanimité, l'idée d'une autorité d'essence supérieure à l'addition des légitimités dont ils jouissent encore.

Mais laquelle? Les Américains récusent ou ignorent l'ONU qui sans eux est infirme. Du reste l'ONU n'est que le forum des représentants attitrés des États-nations, petits drapeaux piqués hâtivement sur la mappemonde et investis d'une légitimité contestable. Le tabou des souverainetés intérieures et celui de l'intangibilité des frontières ont pris un coup de vieux depuis dix ans. Le découpage du globe en États-nations est de moins en moins compatible avec les aspirations à l'autonomie des peuples, à la liberté des personnes, à la solidarité des consciences et à la globalisation de l'économie. Il ne l'est pas du tout avec le concept d'ingérence qui, en principe, inscrit chaque cité à l'intérieur d'une loi morale universelle.

Dans certains cas (Kurdistan), un État-nation qui n'existe pas serait opportun ; dans d'autres on s'en passe : l'ancien Somaliland va plutôt moins mal depuis que les ethnies ont forgé empiriquement une manière d'État, reconnu par personne. Le nombre des États a augmenté depuis la fin de l'empire soviétique et plusieurs s'ajouteront dans un avenir proche mais il est souhaitable que la plupart ne jouissent que d'une souveraineté limitée. Ce joli mot — souveraineté — vaut quitus pour trop de tyrans et, n'en déplaise aux apôtres d'un nationalisme intégral, il est bon qu'ils se sachent menacés s'ils abusent de leur pouvoir. L'ingérence armée pour protéger les peuples, je la voudrais à l'œuvre en tous lieux où ils souffrent. On en est loin. Les membres du Conseil de sécurité ne défendent que leurs prés carrés, et la paralysie de l'ONU favorise un consortium occidental dirigé par les États-Unis qui improvise un nouveau partage des tâches sécuritaires et du butin économique, avec l'alibi inégalement sincère des droits de l'homme. Son activisme à géographie variable risque de discréditer pour longtemps un principe salutaire.

D'autant que la diplomatie des chefs d'État « posthistoriques » affronte des chefs « historiques » (d'État, de clan, de cartel, de bande mercenaire) qui ne craignent pas de tuer ni de mourir.

Car tel est le critère : passé les frontières de

l'Histoire, donc du sens, les hommes ne veulent plus engager leur vie. C'est le verdict sans appel des instituts de sondage, lorsque les États occidentaux, révulsés par l'horreur d'un spectacle historique (viols, égorgements, déportations, etc.), s'avisent d'intervenir : des bombes à laser lâchées du ciel autant qu'on voudra, mais zéro risque de mort dans notre camp. En face, ils acceptent de mourir, comme nos pères dans le Vercors, nos grands-pères au chemin des Dames, nos ancêtres les Gaulois à Alésia.

Pour cette raison capitale, le combat éventuel en vue d'une alternative politique ne peut être pensé, puis lancé, qu'au-delà des sphères étatiques. Une internationale reste à inventer, pacifiquement si possible, qui suppléerait les contrôleurs officiels de l'appellation politique en imaginant l'alliance d'un Spartacus et d'un saint Bernard qui auraient lu Marx sans les lunettes de Lénine.

Ou, pour le moins, en préconisant une ouverture des Nations unies à des autorités plus légitimes, au sens gaullien du terme, que les étatiques. Le propos semble irréaliste ; il s'imposera à son heure parce que les chefs d'État, fussent-ils démocratiquement élus, incarnent moins que jamais l'âme de leur peuple et pas davantage la conscience universelle. Après tout, les *french doctors* de MSF ont fini par imposer l'ingérence à des diplomates scandalisés par cette incongruité — et les dictateurs redoutent davantage le rapport annuel d'Amnesty International que les résolutions de l'ONU ou les admonestations pieuses des dirigeants occidentaux. Jean-Paul II a hâté la déconfiture du soviétisme, autant que Reagan ; Samuel Ruiz est plus efficace que Clinton pour obliger Zedillo à calmer le jeu dans les Chiapas et quand éclate une guérilla pour le bien (rarement) ou pour le mal (souvent), les palais nationaux, les chancelleries et les médias sont la proie d'une stupeur hébétée : des hommes osent agir sans leur demander la permission.

En attendant l'échéance bienvenue mais hypothétique d'une levée des boucliers dans les sociétés civiles, il faut assurer dans l'urgence la survie de l'humanité. La géopolitique de l'eau, du pétrole et des minerais, la prolifération du nucléaire et les tendances de la démographie promettent des carnages en série si l'égoïsme à courte vue des chefs n'est pas combattu. Sachant l'extrême précarité de leur pouvoir, les dictateurs ne songent qu'à en jouir intensément, il n'y a pas de long terme dans leur champ de vision. Il y en a à peine davantage dans celui des chefs d'État démocrates, élus pour peu de temps, obnubilés par leur réélection et esclaves de leur opinion, qui ne voit pas plus loin, ni plus haut, que ses affects de l'instant.

Aucune intervention d'envergure n'est envisageable sans les États-Unis. Depuis la chute des Soviets il leur incombe de régenter le monde, par un décret du destin qu'ils n'ont jamais contresigné de gaieté de cœur. Le proche avenir dépend de l'éventuelle capacité des Américains à retrouver, au plus fécond de leur mémoire, le versant spirituel de leur missionnarisme. C'est pourquoi il ne faut pas souhaiter qu'ils deviennent trop vite « modernes ». Soumise à la raison comptable par soustraction du fond religieux, leur puissance sera monstrueuse : cent Schwarzkopf bombarderont cent boucs émissaires préalablement diabolisés par cent émules de Billy Graham, pour préserver ici ou là l'omnipotence du dollar.

Tandis qu'un réveil de l'idéalisme américain, assorti d'une prise de conscience de l'état des lieux, peut mobiliser cette puissance au bénéfice de l'humanité. Ou la rendre moins nocive en attendant mieux, mais on n'a plus le temps d'attendre. À cet égard, un infléchissement du discours des *columnists* de la côte est et des pasteurs en chaire ou sur les écrans me paraît plus utile que les commodités d'un antiaméricanisme de cousin pauvre. C'est sur les campus américains que Hô Chi Minh a gagné la guerre, par consciences interposées, une récidive contestataire n'est pas à exclure. Quant à l'hypothèse d'une suppléance européenne, à supposer que l'Europe devienne politique en surmontant l'obstacle des langues (autant dire : en adoptant l'anglais), encore faudrait-il qu'elle redevînt missionnaire.

Les Américains le sont encore sur les bords. Leur primitivité, leur vitalité, leur religiosité équilibrent encore leur matérialisme. Profitons-en pour tenter de les convaincre, sans sous-estimer la part du calcul et du cynisme dans leur exaltation de la « destinée manifeste » ; ni l'ambiguïté d'une volonté de puissance qui ne tue que du haut d'un bombardier, parce que, déjà, elle a peur de mourir au feu alors qu'à Omaha-Beach les GI consentaient au sacrifice. L'Amérique tâtonne entre le pré et le post d'une Histoire qu'elle n'a connue que sur les franges, tardivement, brièvement, et qu'elle ne comprend pas. Reste que la fin de l'Histoire s'écrira différemment selon que l'âme américaine prendra quelque altitude ou anéantira son rêve dans la vulgarité des cultes du quantitatif.

Une aube incertaine

La parenthèse des civilisations va se refermer. Elle aura duré moins de dix millénaires. Il a fallu plus de temps à l'*Homo erectus* pour apprendre à tailler un caillou, à inhumer ses morts et à dessiner les reliefs de son âme sur un pan de rocher.

L'histoire des diversités, l'Histoire à majuscule, sera considérée, dans un futur pas forcément lointain, comme un appendice bref, confus et sidérant de la préhistoire. Ses divinités, ses royautés, ses crédulités, ses cruautés paraîtront simiesques. Ou enfantines. On s'étonnera de cette manie de hiérarchiser avec des titres, des déguisements, des édifices, de l'étiquette, des chiffres sur des ronds de bronze ou des bouts de papier. Tant d'ingéniosité et tant d'obstination pour de la pavane, ça prêtera à rire.

On admirera l'histoire de la science et de ses applications techniques, peut-être celle de la pensée, des arts et des religions. Relèvera-t-on, en fréquentant les musées de l'Histoire, l'effort de l'homme pour civiliser ses pulsions — ces éclairs de beauté, de tendresse et de sublime dans les orages de l'abjection ? Ne retiendra-t-on que les triomphes d'une bestialité perverse ? Dans ce cas, le vieux singe mal sophistiqué n'inspirera qu'un mépris apitoyé, et, au fond, n'a-t-il pas trop de sang sur la conscience, ou l'inconscience, pour mériter un regret ? À sa décharge on doit noter qu'en saccageant il a imité la nature ; ce qui rendra sa cause moins plaidable encore quand des savants s'aviseront d'altérer sa nature. Si Dieu l'a créé tel, c'est pour le récupérer en bout de course : dans le plan divin, l'individualité ne saurait être qu'une phase.

Si Dieu n'existe pas, les savants auront beau jeu de modifier les chromosomes et les psychismes, pour éviter qu'ils ne reproduisent les schémas historiques de l'asservissement. Une autre humanité est scientifiquement envisageable ; il serait étonnant qu'elle ne vît pas le jour.

Mais le monde n'a peut-être été qu'un spasme de Dieu, un cauchemar, une hallucination. Il se réveille. « J'ai fait un mauvais rêve. » Il se rendort et le monde livré à la pesanteur, soutenu encore par la prière de quelques moines, s'empoisonne peu à peu avec son propre venin. Peu à peu : quelques siècles, quelques millénaires. Presque rien.

Que nos nostalgies soient douteuses n'allège en rien le poids de nos deuils simultanés. Galilée, Darwin, Freud, c'étaient déjà de graves offenses à nos orgueils. Deux guerres mondiales, Staline, Hitler, Hiroshima, les famines en série et les carnages incessants, ont placé la barre au-dessous du respect que nous pouvions encore nous devoir. La disparition de l'Histoire ratifie une disqualification assez effroyable. Avec le recul, nous ne voyons dans ses fracas qu'un long martyrologe, qu'une longue escroquerie — avec, de loin en loin, au titre d'intermède, un peu d'amour et de grâce sur sa trame de sang.

Nous sommes inconsolables de ce peu. Nos âmes, nos consciences, nos cœurs, notre sang, nos neurones sont les cordes, tendues à casser, d'une lyre que la mélancolie griffe affreusement.

Nous sommes venus trop tard pour l'innocence, trop tôt pour l'oubli. Dans cet entre-deux nauséeux, l'honneur de ne pas trahir ce qui nous a été légué est tout ce qui nous reste. Ne le perdons pas en allant hurler avec les loups de la modernité. Ou avec les fous d'une impossible restauration.

Homme du Vieux Monde, je ne renierai ni la Bible, ni la catholicité, ni la romanité, ni la francité.

Homme du vieil Occident, je ne renoncerai pas aux atours ambigus mais fabuleux d'une civilisation qui depuis son éveil porte le principe de sa négation.

Homme d'*avant* le grand saut, dans l'inconnu, je resterai le gardien, éveillé si possible, d'un musée des cultures aussi vaste que possible.

Homme malgré moi des temps crépusculaires, l'attente d'une aube restera le fin mot de ma brève incursion dans l'Être entre deux soupirs du Néant. L'aube bleutée où le dilemme — Être ou Néant — sera résolu.

Je continuerai d'écrire des livres. C'est ma façon d'être, et tant pis si la littérature n'a plus d'impact, plus de prestige, plus d'avenir, je suis parmi d'autres le survivant d'un univers où le vers d'un poète, la sentence d'un philosophe, le personnage d'un romancier, la révélation d'un historien se renvoyaient la balle d'une quête, dont je conviens qu'elle peut adopter d'autres voies. Mettons que je me sois complu, à contretemps, dans le commerce des plumes enchanteresses, les plus inactuelles n'étant pas les moins délectables.

Autant que possible, je resterai *inactuel*, c'est ainsi seulement que l'esprit peut sauver sa liberté et penser le monde avec la *lenteur* requise sans être abusé par les aléas.

L'Histoire s'achève, c'est un fait. Mais, en expirant, les cultures enfanteront encore de beaux monstres : le désespoir est éminemment littéraire. Le monde se normalisera mais il reste tant de paysages indemnes et d'archaïsmes charmants qu'il serait malséant de bouder toute joie. Ici, dans ce village, les aubes s'éternisent, on oublie vite la tristesse de l'angélus. C'est à peine si le paysage a été effleuré par la peine des hommes. L'espace est compté pour rien, le temps qui s'y coule n'est pas mathématique, il scande de l'infini plutôt qu'il ne fractionne notre avancée vers la mort.

Là-bas, dans les déserts mauritaniens où j'étais récemment, le temps n'est pas moins prodigue. Le «sacrement du silence» cher à Théodore Monod, j'ai pu le célébrer à perte d'horizon. Les nomades n'ont pas beaucoup changé depuis l'époque où Saint-Exupéry se posait sur l'Atâr. Ont-ils profondément changé depuis l'époque où les Almoravides s'emparaient de Séville ? Dans les sables qui ont enseveli Chinghetti, la modernité risque de s'enliser longtemps. Elle ne se hâte pas non plus dans les jungles, les savanes, les sierras où j'aime m'égarer. Même en Occident, elle se hasarde avec lenteur dans les contrées oubliées par les flux économiques.

Elle arrivera partout, c'est une certitude, et les peuples ont ce sentiment d'être les sursitaires de sa conscription universelle. Les plus «avancés», selon la formule rituelle (qui ne dit pas vers où), risquent de chercher des exutoires à la précarité mentale. Les cervelles molles vont s'adonner au vitalisme, à l'irrationnel, au suicide, à l'hallucinatoire, au sadisme. Elles se pâmeront dans des outrances « fin de siècle » à la Jean Lorrain : éther, messes noires, partouzes, extases soutirées au dégoût de soi, au dégoût de tout dans des orgies de décibels et de stroboscopes.

Les moins « avancés » zigzagueront à l'aveugle entre l'adulation ébahie et la récusation brutale du mouvement qui nous a amenés où nous en sommes : dos au mur, face au gouffre. Et seuls, tragiquement seuls. Ça peut faire un sacré grabuge.

L'aventure humaine suivra son cours. D'une certaine manière, elle débute avec l'apparition d'une conscience universelle. Jusqu'alors l'universel était l'apanage des âmes d'élite ; l'évidence d'une communauté de destins s'impose aux cerveaux les plus tribaux. Chateaubriand avait pressenti cela : « Dans ce mouvement universel on reconnaîtra celui de la société, qui, finissant son histoire particulière, commence son histoire générale. »

Hasard ou providence, l'engeance humaine se trouve confrontée à une réfutation du romantisme. Chaque moi se gaussait d'être unique, en même temps qu'il souffrait de se voir si infime dans l'immensité cosmique. Désormais les ego ne sont plus que *particuliers*, et le monde a rapetissé. La planète Terre est un grain de poussière stellaire, un brûlot refroidi qui n'a plus rien à nous apprendre. Le ciel, pas davantage : on marche sur la Lune, on ira sur Mars, on atteindra d'autres lointains qui ne sont plus miraculeux ou diaboliques mais participent benoîtement de ce bas monde, au même titre que nous. L'éther des astronomes perdra sa vocation allégorique, et dès lors le mystère, c'est-à-dire l'impensable, sera projeté au-delà du cosmos.

Cette évasion de l'infini bouleversera l'imaginaire ; la science et le sacré vont changer de nature, les sentiments de tuteurs. On ne peut prévoir les conséquences de ce séisme ; tout juste peut-on présumer que l'âme, si elle subsiste, se sentira dans le cosmos comme un taulard dans sa geôle. L'immanentisme fera recette un certain temps, mais je crois que le monothéisme le vaincra, il vise plus haut que le bout de ce monde miniaturisé.

Le roi est nu, l'argent est roi ; la mondialisation s'affirme dans une apothéose de l'économique qui abolit les frontières, les contrastes, les convictions, les prestiges et réduit le désir à un fantasme de puissance brute sur autrui.

L'ego furieux et infantile, l'ego virtuel, l'ego « moderne » est sommé de respecter le tabou d'un scientisme qui n'est plus soutenu par l'idéologie du progrès mais soumis au fatalisme de l'innovation. Moralisme d'esclaves : il faut s'*adapter*. Chien crevé sur le fleuve d'un Devenir sans horizon, l'*Homo economicus* est pratiquement condamné à la lutte des classes, la dernière vraisemblablement entre Big Brother et des masses remuées par des fantasmes passéistes ou millénaristes. La victoire ira au plus rapide. Les masses auront le nombre, la force du désespoir et les restes d'aspirations confusément qualitatives. La stratégie de Big Brother sera d'atomiser médiatiquement ce désespoir en impacts émotionnels, de distraire cette aspiration avec du festif.

L'issue est incertaine. La triple alliance du capital, du technologique et du médiatique peut anesthésier l'humain, et régenter indéfiniment une sorte d'animalité high tech.

L'autre hypothèse, plus avenante, ce serait la sortie de l'ère économique, un peu comme les tribus de Moïse sont sorties d'Égypte. La conscience unifiée des hommes aurait compris que la course anarchique à la richesse de six milliards d'ego ennemis par décret du libéralisme est une absurdité *préhistorique*, et un péril pour l'espèce.

Alors pourrait revenir le politique, sous une forme inédite. Pas celui qui flatte les convoitises pour rafler dans l'urne les dividendes de la rancœur : dans la géhenne il s'obstinerait à *gérer* la tambouille de Lucifer.

Le vrai politique, celui qui oserait décréter l'état d'urgence et favoriser l'avènement d'un ordre mondial, avec des priorités qui sembleront évidentes : nourrir, vêtir, loger, libérer, éduquer, pacifier tous les mortels, les protéger des rapacités en tous genres. Décréter hors la loi le gain — ou le chef — qui ne servirait pas ce but.

Utopie ? Sans doute. L'Histoire qui prend congé de nous n'a cessé de plier le réel des précautionneux aux exigences des utopies.

Rien de ce qui paraît naturel, élémentaire et de bon sens n'a été acquis sans lutte ; et jamais sans une latence entre la germination d'une idée et sa floraison dans la réalité.

Jamais non plus sans l'âpre dénégation des maîtres du moment, apôtres intéressés d'un prétendu *fatum* : les décrets de la providence, les lois de l'économie.

L'utopie a toujours vaincu. Jadis elle prenait son temps. Mais le temps s'accélère ; la propagation d'une mode ou d'une émeute est devenue instantanée. Certes, l'utopie semble proscrite par le nihilisme de la posthistoire. Mais elle peut resurgir après. Ou pendant : les êtres ne sont pas tous démoralisés au même moment, au même degré. En tout état de cause, la fin de l'Histoire n'est pas la fin du monde. On ne peut exclure aucune forme de conflagration mondiale et on a le droit d'envisager une prise de conscience, rapide et globale, qui entraînerait une résistance aux fatalités ancestrales de l'appropriation, une contestation du marasme imposé par les puissances étatiques, économiques et médiatiques. Une exigence intellectuelle et morale peut conduire l'homme, repu mais pas abruti, à désavouer très vite une société de consommation attentatoire à sa dignité autant qu'aux besoins des multitudes déshéritées.

L'humain peut se spiritualiser. Il n'en est peut-être pas si loin. Tragiquement seul et unifié à proportion de cette solitude, l'humain peut s'engager dans un dialogue avec l'infini . le recours au divertissement n'est jamais qu'un pis-aller préhistorique. Il peut s'en lasser. Les modes d'un «retour» (à la nature, à la vertu, au clan familial, aux religions) sont autant de symptômes de cette lassitude. L'humain peut se lasser de sa lassitude, et répudier la notion même de mode, avec ce qu'elle implique d'évanescence et de fébrilité.

La mécanique qui nous traîne et nous enchaîne n'a pas l'intelligence de ses moyens. Il n'y a pas de complot, pas de projet, juste un mouvement : Big Brother n'est pas un surhomme mais l'allégorie d'une *soumission intériorisée*. Les puissants font leur beurre de ce fatalisme technicien, version profane des vieux opiums du peuple. Au besoin, ils tâcheront d'inoculer l'obéissance par voie scientifique :

les laborantins peuvent localiser l'insoumission dans le cerveau, ou repérer son gène; ils ont bien localisé l'angoisse. Le moment approche d'un débat crucial : l'homme doit-il modifier l'homme, s'il le peut? Il voudra supprimer la douleur, son ennemie la plus intime. Y parviendra-t-il sans métamorphoser le désir? Le dernier référendum, mondial, mettra-t-il en balance une moindre souffrance et un moindre idéal? À moins que le désir d'altitude puisse être scientifiquement dissocié du désir de puissance. Que restera-t-il d'une psychologie si largement redevable aux mythes de l'Antiquité? Doit-on s'en évader? Comment? La lobotomie des sentiments servirait admirablement l'ordre insensé qui s'impose partout. Mais leur mise sur une autre orbite peut ouvrir aussi les portes d'une liberté inouïe. Il ne faut pas diviniser notre intégrité physique ou psychique. Après tout, on court-circuite chimiquement nos métabolismes et on supplée mécaniquement nos défaillances avec des ablations, des greffes ou des prothèses. Rien ne nous est interdit.

Le Diable ne reculera devant rien : il sait, lui, que rien n'est inéluctable. Même la course à l'innovation. On peut infléchir, dévier, inverser la soif de connaître. On pourra l'abolir. On pourra de même *orienter* le désir vers les cimes. Rien n'est moins sûr mais, au pied de la guillotine, le supplicié a encore le droit de rêver à une évasion. Alors, j'en rêve.

Le sentiment de fatalisme qui prédomine est peut-être transitoire. Au seuil de la posthistoire, une mission politique s'offre au penseur et à l'homme d'action : hisser enfin la cité, c'est-à-dire l'humanité, au-dessus du niveau de ses nombrilismes. Aux multinationales de l'économie il va falloir opposer l'internationale de la conscience, et imposer sa primauté sur les autorités tribales et vénales. Comment justifier que, deux millions d'années après avoir adopté la station debout, un primate aussi inventif s'autoridiculise dans ses petits écrans ou ses kiosques de journaux ?

Comment tolérer qu'un peuple soit opulent, et son voisin miséreux, au motif que le hasard géologique a glissé sous ses pieds une nappe de pétrole ? Comment justifier la guerre des multinationales du médicament au préjudice de la recherche strictement thérapeutique sur les virus ? Ou les incuries souvent criminelles des trusts agroalimentaires ? Comment des sujets prétendument doués de raison peuvent-ils admettre l'aberration des jeux boursiers ? Les flux financiers devront être orientés selon les priorités vitales. Même les pontes de Davos en ont le pressentiment et Soros, en schizophrène typiquement « moderne », se plaît à répéter que ses gains sont malsains. C'est le moins qu'on puisse en dire.

L'homme a changé ses mondes, il peut changer l'organisation de son économie et dépasser l'horizon sept fois centenaire du monétarisme en n'omettant pas la *nature* de ce qui doit être produit. Le capitalisme, libéral ou bureaucratique, sera peut-être la dernière pièce du musée des horreurs historiques.

Il survivra un siècle ou deux. Peut-être moins, si une morale universelle resurgit sur les ruines des civilisations. On la voit se profiler, en filigrane, en négatif, dans les pays nantis où progresse l'intuition qu'on approche du bout d'un rouleau. On ne sait pas trop lequel mais on sent l'odeur de charogne d'une société où le truandage est licite, l'intégrité cocue comme devant. On sent qu'une voyoucratie sournoise enrobe de «réalisme économique» sa rapacité et sa vanité. Ça finit par donner la nausée.

Vers qui, vers quoi se tourner? Les confessions et les sagesses ont peut-être plus d'avenir que les clans, les mafias, les États, les fédérations, les partis, les syndicats et les entreprises. Quel prophète embrasera les âmes avec quel syncrétisme? Quel archange lèvera quelles légions? Sous quelles conditions peut-on souhaiter quel chambardement? Un totalitarisme dément peut se grimer en renaissance printanière. Méfiance, donc. Espérons toutefois une aube du sens après la nuit trop noire de son éclipse : elle ira de soi si le cycle de l'économie, avatar posthume de la fin de l'Histoire, s'efface pour qu'enfin advienne le temps de l'esprit. C'est tout le mal qu'on peut souhaiter à l'humanité future.

Auriac, printemps 1999.

DU MÊME AUTEUR

Aux Éditions de La Table Ronde

LE RETOUR DE D'ARTAGNAN, 1992

RUGBY BLUES, 1993. Prix Populiste, Grand Prix de la Littérature sportive

ELVIS, BALADE SUDISTE, 1996

SPLEEN EN CORRÈZE, coll. « La Petite Vermillon », 1997

LES MASQUES DE L'ÉPHÉMÈRE, 1999. Prix Paul Léautaud (Folio nº 3579)

LE BONHEUR À SOUILLAC, 1982. Prix libre, prix de la Table ronde française. Coll. « La Petite Vermillon », 2001

Aux Éditions Robert Laffont

LE RÊVEUR D'AMÉRIQUE, 1980

L'ÉTÉ ANGLAIS, 1983. Prix Roger Nimier

À LA SANTÉ DES CONQUÉRANTS, 1984

L'ANGE DU DÉSORDRE : MARIE DE ROHAN, DUCHESSE DE CHEVREUSE, 1985

MAISONS DE FAMILLE, 1987. Prix Kléber Haedens

UN LÉGER MALENTENDU, 1988

LA CORRÈZE ET LE ZAMBÈZE, 1900. Prix Jacques Chardonne

L'HÔTEL DE KAOLACK, 1991

LE JEU ET LA CHANDELLE, 1994

DERNIER VERRE AU DANTON, 1996

DON JUAN, 1998

Chez d'autres éditeurs

LE MYSTÈRE SIMENON, Calmann-Lévy, 1980

SPLEEN À DAUMESNIL, *suivi de* LE TOUR DES ÎLES, Le Dilettante, 1985

VICHY, Champ Vallon, 1986

LE BAR DES PALMISTES, Arléa, 1989

JE ME SOUVIENS DE PARIS, peintures d'André Renoux, Flammarion, 1998

BOULEVARD DES MARÉCHAUX, Le Dilettante, 2000

Composition Interligne.
Impression Société Nouvelle Firmin-Didot
à Mesnil-sur-l'Estrée le 8 octobre 2001.
Dépôt légal : octobre 2001.
Numéro d'imprimeur : 56791.

ISBN 2-07-041285-7/Imprimé en France.

94211